方舟三部曲

—— 林孟寰 ——

目次

前進吧！方舟
ARK47

本劇獻給

愛犬哞哞

（2014-2016）

靈魂不可能容納死又同時不死，
正像單數不能是雙數，
火與熱無法是冷的。

—— 蘇格拉底（Socrates, 470 － 399 B.C.）
《柏拉圖對話錄 · 斐多》

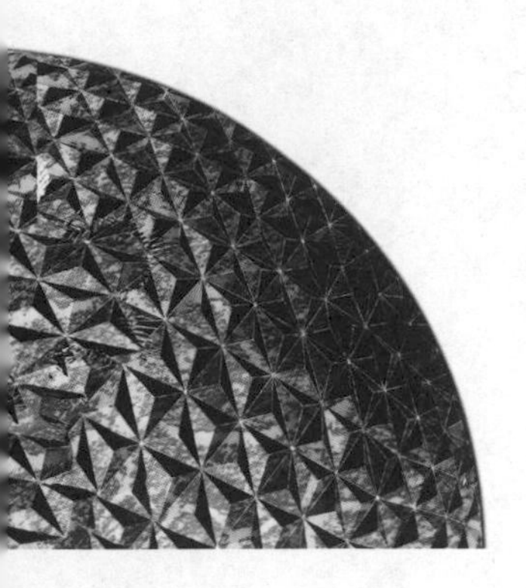

《前進吧！方舟》
首演記錄

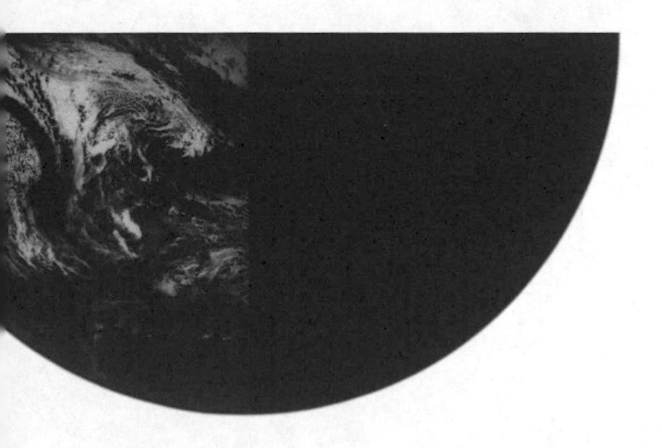

演　出　日　期｜2017 年 6 月 9 日— 6 月 11 日（高雄場）
2017 年 9 月 29 日— 10 月 8 日（臺北場）

演　出　地　點｜高雄駁二正港小劇場（高雄場）
牯嶺街小劇場（臺北場）

製作暨演出單位｜楊景翔演劇團

編　　劇｜林孟寰（大資）
導　　演｜陳仕瑛
演　　員｜方意如、徐浩忠、胡祐銘、蘇志翔
音樂設計｜許哲綸
燈光設計｜周佳儀
舞台設計｜鄭烜勛
服裝設計｜陳玟良
舞台監督｜孫唯真
製 作 人｜詹慧君

▲ 人物 ▲

阿凱
芮文
安隆
影子
小狗

▲ 時間 ▲

文明毀滅後的未來

▲ 場景 ▲

生物庇護所「方舟」內的實驗艙

第一場

（場上有四張椅子，但只有一張標示著「Human（Homo sapiens）」以及數字編號，觀眾席座椅上同樣貼著標示，內容是各種已滅絕或瀕臨滅絕的動物名稱。）

（觀眾進場時，少年阿凱已在場上，他赤著腳，沿著一個圓形光區，有如強迫症般重複著前進、倒退，喃喃唸著動物名稱。）

（置於場上音質破碎的揚聲器，伴隨心電圖的機械音，反覆播放著摩斯電碼的長短音：「What hath God wrought」[1]。）

（演出開始，電碼聲消失。）
（阿凱停下腳步，對向觀眾，恍若大夢初醒。）

阿凱：你喜歡動物園嗎？我很喜歡動物園，雖然我沒有真的去過，但我以前就聽說過有這樣一個地方，感覺，我不知道耶，應該很不錯，對吧？

在還小的時候，我就決定要建造一座我的動物園。方法其實很簡單，只要你晚上躺在床上，閉著眼睛，利用睡著前的那五分鐘、甚至十五分鐘胡思亂想的時間，每天睡前完成一點點，有時候睡著了也還會在夢中繼續，你的動物園就會一個角落、一個角落地完成了。

有點好笑，我真的沒有看過動物長什麼樣子耶，但就是這樣，我特愛我的動物園，那些大耳朵老虎、長鼻子公雞，還有爪子鋒利的凶猛白兔，大家都聚集在柵欄外，看著籠子裡的我們然後笑啊笑啊……

雖然是地球上最後的動物，但我們的籠子不是很大，但也夠讓我們繞圈圈，讓他們把我們每個角度都看清楚，繞圈、停止、坐下、起來、繞圈、停止、吃飯、繞圈、坐下、起來、繞圈、喝水、繞圈、繞圈、繞圈，今天的世界不停在繞圈，明天的也不會改變，動物園裡的人都很幸福。

（影子的聲音自空中出現。）

影子：阿凱，阿凱。
阿凱：誰？你在哪裡？

（舞台某處亮起一道光，伴隨語音微微顫顫，彷彿在說話。）
（阿凱上前觸摸光線，光線轉瞬即逝，他處亮起，阿凱再次追上前，反覆，直到順利進入一道光束，阿凱徜徉其中。）

影子：阿凱！

（話語聲驟然變得清晰，嚇了他一跳。）

阿凱：幹，你在哪裡啊，嚇了我一跳。
影子：Come on，幹嘛不穿上你的鞋，這又不是什麼乾淨的地方。
阿凱：鞋子？——幹，我的鞋子咧？
影子：喜歡這座舞台嗎？
阿凱：你是說……我的動物園？

影子：拜託，才沒有那種東西咧，我是說你的未來……
阿凱：我的未來——這不是夢嗎？
影子：（模仿阿凱）我的未來 —— 這不是夢嗎？……我的未來、不是夢 ——（起音唱）我的未來不是夢，我認真的過每一分鐘耶耶耶。

（阿凱沒有反應。）

影子：我覺得被打擊。
阿凱：為什麼？
影子：你沒有接到我的梗。
阿凱：我沒有聽過這首歌。
影子：啊也對啦，畢竟這種古典樂早就失傳了，那時候人類都還裸體住在山洞裡。
阿凱：那冬天的時候不會冷嗎？

（頓）

阿凱：怎麼了？喂，你說話啊。
影子：你相信「未來」嗎？
阿凱：蛤？
影子：你相信「未來」吧？
阿凱：這不是個問題啊，不管相不相信，它就是會一直來一直來。
影子：這麼理所當然？那我再問你，為什麼大人要讓小孩相信有聖誕老人？
阿凱：（苦惱）我好像聽過這個故事……
影子：連這個都不知道，你還算人類嗎？——算了，我來告訴你，從前從前，大人類會跟小人類說，平安夜裡會有個聖誕老人類，會偷偷把禮物放進小人類的襪子裡，但其實那些禮物都是大人類自己花錢買的。

阿凱：喔。

影子：想起來了嗎？這個故事。

阿凱：可是那時候人類不都裸體嗎？為什麼還會穿襪子，這樣不會……太性感？

影子：怎麼會是襪子！你也太劃錯重點了吧。

阿凱：還是用襪子遮住重點就可以了？

影子：（無言）……「重點是」，為什麼要騙人？

阿凱：他們也不是故意要騙人，被騙了也不會怎麼樣。

影子：喔，所以你喜歡被騙？

阿凱：誰會喜歡？又不是白痴。

（影子哈哈大笑，聲音最後卻變成尖銳刺耳的隆隆噪音。阿凱掩耳。）

（身穿實驗白袍、戴著護目鏡的安隆和芮文走出，對著看不見的機台逕自操作著，彷彿和阿凱身處於不同的時空。）

影子：因為快樂，所以騙人。

芮文：啟動甦醒標準程序。請確認。

影子：小人類因為相信聖誕老人類而快樂。

安隆：確認。

影子：大人類也覺得很快樂，然後開始騙自己說，無條件付出善良的世界是真實存在的。

安隆：使用實驗第七號迴歸係數，體幹增溫百分之十五。請確認。

芮文：確認。

阿凱：相信不好嗎？大家都很快樂呀。

芮文：靜脈注射 Epinephrine 稀釋液，請確認。

影子：喔？相信生命可以延續、混亂只是暫時，而善良終究會回來嗎？

安隆：確認。

影子：聰明的人編造真理，愚蠢的人渴望規則，人就愛被自己創造的邏輯給迷惑不是嗎？

安隆：電擊 150 焦耳，請確認。

阿凱：我開始聽不懂你在說什麼。

芮文：確認。

影子：人是會死的。

安隆：第一次。

（電擊聲轟然，伴隨不規律的心電圖音。）

（周圍環境閃爍，阿凱頓時無法控制身體。）

影子：每個社會都和死有點類似，被拿走的東西就不會再回來。

安隆：第二次。

（轟然、閃爍，阿凱倒地抽搐。）

阿凱：你到底是誰啊。

影子：你的「未來」快到了。

安隆：第三次——

（阿凱大叫坐起，這次沒有轟然聲，沒有閃爍，一切如常。）

阿凱：你們是誰？

芮文：冬眠甦醒程序完成，請確認。

安隆：確認。

阿凱：這裡是哪裡？

安隆：現在進行冬眠結束的標準程序，請確認。

芮文：確認。

阿凱：喂，你們回答我啊！

安隆：程序開始，你現在意識還沒有全部恢復，你會覺得自己有點脆弱，空虛寂寞覺得冷，就像訊號故障的電子蟑螂。

芮文：你需要一點溫暖。（**擁抱住阿凱**）這是一個擁抱，讓你的體溫上升一點五度。

阿凱：蛤？

安隆：你需要一點愛。（**親吻阿凱**）這是一個親吻，讓你的心臟漏跳一拍。

阿凱：等等……我頭有點昏，好像有哪裡怪怪的……

安隆：阿凱，其實你已經——

芮文：（**打斷**）說好不提這件事的。

阿凱：到底是——（**無法控制咀嚼動作**）我到底是怎麼了？

芮文：現在還不確定這影響是暫時還是長期的，所以你先不用緊張——

阿凱：（**打斷**）到底在搞什麼鬼？我的——我的身體——

安隆：你先冷靜一下——

阿凱：（**打斷**）我很冷靜，但我沒辦法——

（阿凱無法控制地奔竄，最後蜷縮在角落。）

芮文：看來還是有被影響，瞞不住了。

安隆：……好可愛。

（芮文冷冷瞪了安隆一眼。）

阿凱：你們是誰？這裡到底是哪裡？

安隆：這裡是第四十七號方舟，我們是你的研究助手——安隆、芮文，請確認。

阿凱：方舟是什麼鬼啊，你們到底在——

安隆、芮文：（對看，齊聲）確認。

阿凱：（用手克制住咀嚼動作）我的身體，為什麼不像我的——

芮文：你還記得你是誰嗎？

阿凱：廢話！我是——我是？（阿凱愣住，嘴不自覺地又開始咀嚼）啊——可惡！

安隆：阿凱。你是我們的生命工程師，我們都叫你阿凱。

阿凱：對、對，我是阿凱。——我是阿凱？

芮文：看來冬眠過程還是造成了記憶損傷，必須照斷層掃描進一步檢查。

安隆：但 CT 掃描儀上個世紀就已經退役了。

芮文：我知道，所以要修復，請確認。

安隆：確——可是現在方舟缺乏關鍵零件，無法修復——

阿凱：（打斷）等一下！（頓）到底「方舟」是什麼地方？

芮文：這是艘裝載生物遺傳因子的科研太空船。

安隆：也是一座專屬於你的動物園。

阿凱：動物園？（左右張望）可是動物……

安隆：會不會是大腦前額葉解凍不完全？

芮文：有可能，要啟用備用微波爐了嗎？

安隆：可是這台太小放不進去。

芮文：先把頭切下來好了。

阿凱：蛤？

芮文：理論上接得回去，請確認。

安隆：確認——可是要重新活過來的風險因子還是有點高耶！
阿凱：搞屁啊，你們兩個神經病，其他人在哪裡——喂，有沒有人在啊！

（阿凱想要逃離，但身體卻不受控制地奔竄，阿凱憤怒吼叫。）
（安隆和芮文凝視阿凱混亂，接著轉向彼此。）

安隆：我們可以重來一次嗎？
芮文：好。
安隆：我去拿鎮定劑——
芮文：停止。請節約資源，共體時艱。

（芮文上前給阿凱後腦一記手刀，阿凱頓時倒地。）
（安隆和芮文拖著阿凱在椅上坐下，阿凱眼神呆滯。）

安隆：現在再次進行冬眠結束的標準程序，請確認。
芮文：確認。
安隆：程序開始，你現在意識還沒有全部恢復，你會覺得自己有點脆弱，空虛寂寞覺得冷，就像訊號故障的電子蟑螂。
芮文：你需要一點溫暖。（擁抱住阿凱）這是一個擁抱，讓你的體溫上升一點五度。
安隆：你需要一點愛。（親吻阿凱）這是一個親吻，讓你的心臟漏跳一拍。
阿凱：你們……到底……搞什麼鬼……
安隆：阿凱，我不確定你聽懂多少，但請你仔細聽我們說。

（安隆和芮文突然轉變為簡報模式，拿出圖解看板。）

安隆：雖然這艘太空船是動物園，為了保護地球上殘存的動物，集結十個世紀前人類最頂尖的科技建造而成，但終究和地球一樣面臨了人口爆炸、資源短缺的危機。

芮文：幾個世紀前，在方舟危急存亡之秋，一位生命工程師，研發出把靈魂和 DNA 數位儲存的方法，大幅度減少方舟上的活體對資源的消耗，順利延長了方舟的使用期限。

（安隆與芮文鼓掌，彼此互道恭喜。）

阿凱：所以……大家都死了？

安隆：我們不會這麼說，全部的動物和人都存在檔案裡，等待未來的人研發更新的科技，讓他們復活——那個人就是你，你是方舟上最後一個生命工程師。

芮文：我們努力延長你的壽命，決定先讓你冬眠七十年，我們代替你完成實驗演算。

安隆：本來一切都照計畫進行，只是卻出了點意外。

阿凱：什麼意外會讓我變成這樣——

安隆：那是第二個意外。

阿凱：蛤？

芮文：一個結束再換下一個，請確認！

安隆：確認……

芮文：這個意外有點複雜，但簡單來說——你死了。

（頓）

阿凱：那是什麼？

安隆：（反射性地）喔，根據說文解字死是人所離也而沖虛經
　　　則記載死者人之終也另外莊子中有寫道——
阿凱：我知道死這個字是什麼意思！
芮文：（舉手刀）你先冷靜下來！
安隆：——哀莫大於心死。報告完畢。
芮文：技術上來說，你已經死了。
阿凱：一定哪裡搞錯了……所以、所以我現在——
芮文：我們發現，你睡眠艙的維生系統被關閉，雖然只有短短
　　　五分鐘，就已經要了你的命。我們急救無效，只好繼續
　　　把你冰著，直到我們完成你交代的實驗。——我們決定
　　　依照實驗結果，把靈魂植入回你的身體。
安隆：看來很成功，你真的復活了——（試圖親吻阿凱，卻被
　　　推開。）
阿凱：可是，為什麼，但，那我怎麼會這樣——
芮文：我們輸入的不是你的靈魂。
阿凱：蛤？
安隆：這是第二個意外。
芮文：我們不知道它消失到哪裡去了，本來想植入人類靈魂，
　　　但發現不符合你們設定的人類倫理規範。
安隆：我們想說你很喜歡動物，相容度應該沒有問題，所以我
　　　們就把一個人類份量的動物靈魂輸入進去。
阿凱：（壓抑著）……那是多少？
安隆：大概是一座動物園的量吧。
阿凱：你們怎麼可以這樣！

（阿凱暴怒，身體再度失控躁動。）

芮文：看來還是有點些微的不和諧呀。

阿凱：如果、如果這些動物，在我身體裡——那我是誰？
安隆：你還是我們的阿凱呀……只是多了幾個毛小孩和你搶身體而已。
芮文：安隆，來試看看吧！

（芮文和安隆兩人攜手，神情嚴肅，阿凱感到十分不對勁。）

芮文、安隆：Somersault ！

（阿凱突然做了個前滾翻，感到莫名其妙。）

安隆：好可愛。

（芮文白了安隆一眼，獨自喊了指令，阿凱再次前滾翻。）

阿凱：我、我是怎麼搞的？
安隆：根據資料記載，輸入的動物靈魂裡有隻會聽指令翻跟斗的河馬。
阿凱：河馬……會翻跟斗？——等等，我不要，我不能是這樣！
芮文：Somer ——
阿凱：我沒事……了。

（阿凱沮喪，身體隨他的情緒低沉而不再失控，頹坐在椅上。）

芮文：這是個新實驗，沒有人知道最後會變成什麼樣子。
安隆：不要讓牠們奪走你的大腦意識，你就還是你。

（安隆親吻阿凱，接著蹲下幫他穿上鞋，同時芮文擁抱住阿凱。）

芮文：這些靈魂遲早會達到平衡的，你要多忍耐，好嗎？可以嗎？

（芮文親吻了阿凱的臉頰，阿凱有些害臊。）

芮文：好好休息吧，未來你還有很多實驗要進行。

（安隆和芮文正要離開，卻被阿凱喚住。）

阿凱：等一下……我不懂，睡眠艙的維生系統為什麼會被關閉？

（芮文和安隆面面相覷。）

芮文：我們不曉得是誰做了那件事。
阿凱：難道這裡還有別人嗎？

（靜默）

阿凱：……誰殺了我？

（燈光漸暗。）

註1　「What hath God wrought（上帝創造何等神蹟）」出自《聖經 · 民數記》23章23節，為1844年Samuel Morse所發出的人類第一條電子訊號的內容。

第二場

（光線微亮，阿凱穿著白袍，拿著小鏟，站在一口箱中挖掘。細碎的摩斯電碼聲仍不時出現，阿凱會停下動作側耳傾聽，卻又轉瞬即逝。）

阿凱：為什麼……為什麼沒有資料……我到底是……誰？

（阿凱挖到一本裝在透明塑膠袋中的書籍，他拿著書興奮地走出箱子，他拆開塑膠袋後，發現書本仍包裹在塑膠袋中，他卯起勁來拆去一層又一層，終於將書本從塑膠袋抽出時，書頁卻散落一地。）

（阿凱動物般在地上爬行，瀏覽紙上資訊，最後撿起其中一張簡介折頁。）

阿凱：（唸）「方舟的故事」……2117年，動物園太空船「方舟」進入太空航道，有了這座自給自足的生物基因資料庫，人類從此可以安心摧毀自然環境，不用再為地球上的生物滅絕感到罪惡感。——罪惡感？

（阿凱四肢突然開始抽動。）

阿凱：不要又來了——

（阿凱與體內動物們正爭奪身體主導權，滿地爬竄、翻滾。）

（芮文和安隆與阿凱處在不同空間，他們凝視著阿凱動作。）

安隆：動物靈魂和阿凱大腦的排斥反應很強烈，這樣算實驗成功嗎？
芮文：只要那頭「野獸」沒有回來，就沒什麼好擔心的。

（阿凱左手猛獸般攻擊右手，右手逃竄，阿凱整個人被拖著走，而後右手反擊，雙手互搏，不斷波及阿凱的臉。）

阿凱：幹，我是人類耶，別以為我會輸你們！（把手踩在腳下）很好，這就對了 —— 從現在開始，我是動物園長，大家都必須聽我的，不・准・搞・我！（發現右手蠢動）……你要幹嘛？

（阿凱右手豎起拇指，直往後庭戳去，阿凱慘叫。）

安隆：好可愛。

（芮文白了安隆一眼。）

安隆：我喜歡阿凱，我要怎麼做才能更喜歡他？
芮文：……你壞掉了嗎？要我好好修理你嗎？
安隆：他很棒，我想成為跟他一樣的人。——（正經）製氧機保養時間到了。

（安隆轉身離去，芮文無聲無息地走近，阿凱回頭赫然發現芮文在背後。）

阿凱：妳嚇到我了。
芮文：有什麼進展嗎？動物園長。
阿凱：早也鬧、晚也鬧，我快被那些臭蛋給累死。
芮文：（轉身欲離）你會習慣的。
阿凱：芮文，你們應該是我的助手，對吧？
芮文：是的，我們的工作是提供所有你需要的協助。
阿凱：這麼好喔。
芮文：只要不違反善良風俗，危害公共利益，你想做什麼都可以。
阿凱：那……再陪我一下下就好。
芮文：我知道了，現在開始進行秀秀標準程序。

（芮文就座，示意阿凱躺下，將頭枕在自己大腿上。）
（阿凱側躺著，芮文輕搔著他的背。）

芮文：感覺比較放鬆嗎？
阿凱：嗯，很舒服。
芮文：你小時候也很喜歡這樣。
阿凱：真的嗎？可以多說一點我以前的事情嗎？
芮文：我不該說溜嘴的，系統錯誤敬請見諒。
阿凱：我以為人工智慧永遠不會出錯。
芮文：如果我們會出錯，那是因為我們會模仿人類。
阿凱：那是什麼意思？
芮文：我們有人類所有感覺，但只有人類能夠去感覺。
阿凱：蛤？

（傳來微弱的電子訊號聲，阿凱驚起四處查看，但芮文似乎未聽見。）

阿凱：這裡真的沒有別人嗎？我一直覺得有聲音。
芮文：是我們。
阿凱：嗯？
芮文：播放背景雜音能幫助你放鬆，就像大門外面有個真實世界一樣。
阿凱：不是那個，是像電子訊號滴滴答答——
芮文：方舟很老了，它可能發出任何聲音。
阿凱：是嗎？（**無意識掐住芮文胸部**）但我覺得它好像有話想要對我說——
芮文：請問有事嗎？
阿凱：（**低頭對手**）喂你在幹嘛！（**手未放**）不是我啦，是紅毛猩猩。
芮文：嗯哼，剛剛是紅毛猩猩，但現在是你。請問可以放開我的矽膠奶了嗎？
阿凱：（**抽離後看著手心**）……矽膠啊。

（**頓**）

芮文：你真的什麼都不記得？
阿凱：我該記得什麼？而且為什麼我找不到跟我有關的任何資料？
芮文：官方紀錄必須登入伺服器之後才能查閱。
阿凱：奇怪耶，你們不能直接跟我說？
芮文：檔案限制存取，必須有你個人專屬密碼才能開啟。
阿凱：但我什麼也不記得啊。
芮文：那也沒有關係，你現在這樣很好。
阿凱：不好不好不好——

（芮文冷漠以對，阿凱耍賴無效後自行結束，拿出劍玉[2]開始玩。）

芮文：你記得？
阿凱：我不知道這是什麼，可是拿起來我就會玩了，好神奇。
——妳喜歡嗎？

（芮文嘆氣，轉身離去。）

阿凱：喂，等一下啦——
芮文：水氣循環系統保養時間到了。

（阿凱獸化擋住芮文去路。）

阿凱：再陪我一下下就好——
芮文：阿凱，我可以滿足你所有需求，但方舟運作的公共利益必須優先。
阿凱：拜託，不要留我一個人——

（阿凱攀在芮文身上糾纏不休。）
（安隆哼著歌走進，目睹兩人交纏，不禁叫出了聲。）

安隆：……不好意思，兩位請繼續。

（安隆離去。）

芮文：請你下來。
阿凱：喂，妳是不是……討厭我啊。

芮文：我不知道那是什麼！

（阿凱瞬間倒地裝死。）

芮文：現在又怎樣……喂！

（阿凱沒有動靜，芮文蹲下查看呼吸心跳，被阿凱摟住，親吻。）
（芮文先是一驚，卻沒有反抗，只是面無表情地承受。）
（兩人漫長而靜默的親吻。）

阿凱：喂，妳幹嘛哭啦？
芮文：我被懲罰了。
阿凱：被我親沒有那麼糟吧？
芮文：這到底算什麼？
阿凱：我……喜歡妳？
芮文：我的理智並不想要啊，嘴唇卻在說它很喜歡。
阿凱：有什麼關係，喜歡就是喜歡啊。
芮文：但我不能喜歡你。（頓）我們不能違反人類善良風俗。
阿凱：說什麼啊？我才不管——
芮文：阿凱，你這樣已經失去當人類的資格。

（阿凱想糾纏，芮文喊了聲指令，阿凱被迫翻跟斗。）
（芮文離去，與安隆錯身而過。）

阿凱：失去當人類的資格……當人的資格？——我沒資格，幹那妳就有嗎！

（阿凱憤怒，身體失控地亂竄，完全像頭野獸。）

（安隆在旁安靜注視，直到最後阿凱疲憊癱倒。）

阿凱：當人類的資格……當人類的資格……我到底怎麼了……
　　　我是誰……這裡是不是地獄啊？

（安隆上前將阿凱扶起。）

安隆：阿凱，你需要什麼嗎？
阿凱：……我想要一條狗。
安隆：你認識這種動物？
阿凱：我不知道是不是做夢，但真的有隻狗在方舟外叫個不
　　　停，牠要我出去陪牠玩，我說我不行，因為我好像死
　　　了，然後牠說，就是死了才更應該出去啊，我聽不懂
　　　……牠真的很漂亮，我從來沒有見過這麼漂亮的動物。
安隆：……最後一條狗我們還來不及存檔，就被人類吃掉了。
阿凱：怎麼可以！
安隆：當年方舟上糧食短缺，生物電子化又太晚被研發。
阿凱：但狗是人類最好的朋友耶。
安隆：我才是你最好的朋友！
阿凱：你不是，狗才是。——喂喂，你怎麼了？
安隆：顯示為沮喪。

（靜默）

阿凱：……別這樣啦，不然我玩這個給你看。

（阿凱玩起劍玉。）

安隆：好玩嗎？
阿凱：嗯啊。
安隆：好玩對人類真的很重要。
阿凱：我已經不想玩了。
安隆：喔，那就放下。
阿凱：我不是在說這個！——所以終點到底在哪裡？我們什麼時候結束？
安隆：我們之間是不會結束的。
阿凱：我不是在說這個！我是說方舟，這艘太空船會飛去哪裡？
安隆：地球。
阿凱：咦？
安隆：地球啊，不然我們還能去哪裡？
阿凱：可是我們不就是從地球出發的嗎？
安隆：等地球自然環境恢復原狀，方舟就會重新回到地球。
阿凱：所以是什麼時候？
安隆：不知道。
阿凱：蛤？
安隆：到了地球我們應該會知道。
阿凱：哪有這樣的……

（阿凱用鼻子在安隆身上與四肢摩擦。）

安隆：阿凱，你怎麼……你今天好主動喔。
阿凱：這不是我……我放棄抵抗了……
安隆：那是誰？
阿凱：大象，名字叫做小小。
安隆：小小？——就是那個小小嗎？
阿凱：小小想要和你說哈囉。

安隆：（捏住阿凱鼻子）哈囉。
阿凱：牠想念你。
安隆：真的？
阿凱：牠說，你是牠最好的玩具……牠想再踩扁你一次。

（阿凱的鼻子摩擦著安隆的鼻子。）

安隆：我想念你。
阿凱：小小，拜託可以不要靠那麼近嗎？

（安隆擁抱住阿凱。）

安隆：我感覺你體內的睪酮素正快速上升。

（安隆摟住阿凱親吻。）

阿凱：幹，不要啦！

（安隆撫摸阿凱的身體，阿凱奮力將他推開。）

阿凱：少噁了，我都說不要，你是聽不懂人話逆？

（靜默）

安隆：請問你是在說我噁心嗎？
阿凱：我是男的耶，幹你到底在想什麼啊？
安隆：請問是生理上反胃，還是心理上排斥呢？
阿凱：都‧很‧噁！

安隆：看來情況比我們預期的還嚴重。
阿凱：沒錯，你該進廠維修了。
安隆：阿凱，請冷靜地聽我說，只有野獸才會想要和異性交配。
阿凱：不對不對不對，那不是動物本能嗎？
安隆：但人類不是動物，所以才特別高貴。
阿凱：不對啊，那個、所以芮文才——
安隆：阿凱，請不要失去當人類的資格。

（阿凱思緒混亂，身體隨著狂躁電子訊號聲開始抽搐。）
（安隆緊抱住阿凱，直到電子訊號聲逐漸隱去。）

安隆：阿凱，我是真的喜歡你。
阿凱：……這個世界我已經不認識了。
安隆：你讓我想成為一個真正的人。
阿凱：……安隆，不管你對我啟動怎樣的戀愛程序，我都不會喜歡你的。
安隆：你為什麼要這麼說？
阿凱：我說錯了嗎？
安隆：（沮喪）我是真的喜歡你，我每天都在想，要怎麼才能更喜歡你。

（阿凱於心不忍，上前拍了拍安隆的肩。）

安隆：（突然啟動）核融合爐檢查時間到了。

（安隆轉身離去，阿凱錯愕。）
（阿凱環視無人的空間，獨自拿起劍玉玩了起來。）
（燈光漸暗。）

註2 劍玉是一種日本傳統童玩，形似木鎚，以繩繫著一只有孔木球，可表演多種特技。

第三場

（燈亮時，影子站立於阿凱原來的位置，玩著劍玉。）

影子：關於動物園，有人喜歡，有人不喜歡，我普通。

但動物園對人類真的很重要，不信的話我講個故事給你們聽：很久很久以前，地球上有兩個互看不爽的國家決定打仗，鐵血宰相俾斯麥率領大軍包圍巴黎，圍城的五個月裡，人們吃光所有東西，雞豬牛羊馬貓狗老鼠還有鴿子，然後動物園只好打開大門，於是聖誕節菜單上就出現了炸駱駝、燉袋鼠、羚羊派、烤狼腿，還有勃根地紅酒燉大象。

就算明天世界要毀滅，今天還是要吃飽吃滿，人類不只要活著，而且還要好好活著，反正世界開始的時候沒有我們，結束時候我們也不會在，想太多也沒有用。

（阿凱走進，他看不見影子，在場中啟用一個頭部穿戴裝置，深呼吸開始輸入密碼。）

阿凱：登入帳號，密碼——阿凱好帥。

（機器發出密碼錯誤的音效。阿凱不斷嘗試，接連失敗。）

影子：對了，話說那座動物園，戰爭結束後，他們從非洲部落買來許多土著關在柵欄裡，那裡繼續成為大家最喜歡的動物園。

（阿凱沮喪地停止嘗試，卸下穿戴裝置，拿出劍玉開始玩，當他和影子同時完成一個動作時，他看見了影子。）

影子：嗨。
阿凱：是你？
影子：不是我，是他。
阿凱：他？可是你——
影子：不是你，是我。
阿凱：蛤？
影子：你有看到這裡有別人嗎？沒有的話就是我啦。
阿凱：等一下，你是鬼嗎？還是我的幻想？啊，還是你是什麼守護神啊？
影子：對啦，我是方舟的守護神，而且我是你媽。
阿凱：喔，媽，那個——
影子：神你媽啦，你都不知道自己是誰了，我是誰有很重要嗎？
阿凱：至少讓我知道你的名字吧。
影子：這個嘛……不然，你叫我影子吧。
阿凱：喔，影子。
影子：怎麼樣，還滿意你的動物園小夥伴們嗎？
阿凱：還不簡單，我已經把牠們全搞定了。
影子：喔？
阿凱：我跟牠們說，只要聽老大我的話，我就帶牠們離開方舟。
影子：Somersault ！

（阿凱隨指令翻了一圈，翻倒在地，一動也不動。）

影子：這個交易超失敗！動物本能沒有這麼容易改變。

（阿凱沒有回應，影子走來踢了踢他。）

影子：死啦？——裝死？
阿凱：動物本能，牠們覺得生命受到威脅。
影子：誰威脅？威脅誰？
阿凱：我不知道，總之牠們告訴我有危險、要小心。……但裝死真的有用嗎？
影子：當然！裝死可是生存法寶，反正大難臨頭也躲不掉，不如就碰碰運氣，閉上眼睛看問題會不會自己解決。人類超會這套的。
阿凱：啊啊——如果我繼續裝死，你會自己消失嗎？
影子：嗯，再見，希望你擁有一個美好的未來。掰囉。

（影子退場，阿凱偷睜眼，抬頭查看四周，確認後鬆了口氣，爬起。）

阿凱：真是活見鬼了——

（影子突然衝進，一手勒住阿凱的脖子，一手猛刮他頭皮。）

影子：你哪有這麼容易擺脫得了我！
阿凱：你到底是什麼東西啦——

（芮文走進，喚了聲阿凱，他們動作瞬間靜止，影子鬆開阿凱，退開。）

芮文：阿凱，這個時間，你自己一個人在這裡做什麼？
阿凱：沒有啦，那個……我想試著登入主機。

芮文：你想起設定的密碼了？
阿凱：暫時還沒——那妳來這裡幹嘛？
芮文：（展示）我找到這個零件，要拿去修理孵蛋器。
阿凱：孵蛋器？
芮文：對，阿凱也是從那台機器出生的人類。
影子：最後一個人類。
阿凱：為什麼要用那種東西？
芮文：很久以前，科技就已經將人類從生殖行為中解放，電腦精算繁殖數量，也能解決人口爆炸危機。
阿凱：真的嗎？那你們立刻多孵幾個人，還有狗，來陪我。
芮文：沒辦法，孵蛋器已經故障。
阿凱：那就趕快修啊。——請確認！
芮文：確認。（再次展示）但這種零件我們還需要九十七個。
阿凱：好，我幫妳一起找。
芮文：不用找，我知道零件在哪裡。
阿凱：那就快去拿啊。
芮文：目前無法。
阿凱：為什麼？你們應該要聽我的，我想要的就給我——
影子：你必須得到她的全部。
阿凱：蛤？
影子：你必須得到她的身體和手腳、眼神還有聲音，她全身上下所有模擬人類的功能都是靠這種零件構成的。如何？準備對她伸出魔爪了嗎？
阿凱：我才不要！
芮文：什麼？
影子：做吧做吧，你能做的比你想像中的還要多。
芮文：阿凱，你還好嗎？
阿凱：沒事！我自己可以解決。

影子：做自己好自在嗎？—— Somersault ！

（阿凱不甘願地隨指令翻了一圈，影子離去。）

芮文：阿凱？
阿凱：……我是怎麼了？
芮文：你的狀態不太妙，請問你需要任何醫療協助嗎？

（阿凱伸手觸摸芮文。）

芮文：這次又是什麼？棕熊嗎？
阿凱：是我，但我不確定。
芮文：請不要這樣。
阿凱：我的手觸摸著妳、抱著妳——我的眼睛看著妳，然後我的嘴巴正在跟妳說話——親吻妳，什麼都有感覺，但什麼都不像我的，妳知道嗎？（頓）是因為我死了嗎？但我不是已經活過來了……

（頓）

芮文：死是什麼感覺？
阿凱：我怎麼知道，我就死了啊。

（靜默）

阿凱：但我做了一個夢。
芮文：在死的時候？
阿凱：我走在一個長長隧道裡，那應該是方舟裡某個地方，然後我聽到遠遠的水聲，我跟著水聲走，方舟那些管道慢慢就變成了大樹，那是座森林，順著水流，我到了森林中央，那裡有塊很高的白色石頭，然後我就爬了上去——然後妳知道嗎？好多好多動物把我圍住，真的很不可思議，我從來沒有在動物園以外的地方看過牠們，很酷，我站在石頭上，就像我是什麼動物大王！

芮文：你是，人類是萬物之靈。

阿凱：不是那樣，牠們到那裡就和我到那裡是一樣的。然後牠們陸陸續續離開，最後只剩下一隻狗，牠在等我。——芮文，我們打開方舟大門好嗎？

芮文：沒有人可以離開方舟。

阿凱：我很確定牠就在外面——

芮文：（打斷）方舟是我們在宇宙中唯一的庇護所。

（頓）

阿凱：芮文——可以給我一個抱抱嗎？

芮文：你的體溫有點太高了，冷靜下來吧。

（阿凱看著芮文離去，影子再次出現，從背後出現嚇了阿凱一跳。）

阿凱：幹，你嚇死我了。

影子：死掉就算了，反正你可以再活過來嘛！你看那個機器人對你的狗狗故事沒啥感覺，明明狗狗那——麼可愛。

阿凱：你看過方舟外面的那隻狗？

影子：我想想喔，畢竟外太空飄著很多狗嘛——才怪。

阿凱：……我希望外面真的有個世界，這裡太怪了。

影子：沒辦法，社會就是這樣。
阿凱：人要從孵蛋器生出來，有病嗎？
影子：很好啊，控制人口，節約資源。
阿凱：你到底站在誰那邊啊？
影子：當然是站在我自己這邊。
阿凱：（失望）喔……
影子：人類只會站在自己這邊。

（幫阿凱戴上裝置。）
（頓）

影子：解開密碼，你就會知道自己是怎樣的一個人了。
阿凱：……密碼到底是什麼？

（阿凱胡亂說了一連串的詞句，但回應都是錯誤音效。）

阿凱：啊啊啊——

（阿凱繼續苦思，影子在旁出聲干擾，讓阿凱更加煩躁。）

阿凱：拜託，你可不可以——等等，你再一次。
影子：嗯哼，我還在想你竟然聽不出來。
阿凱：w・h・a・t・h・a・t・h・g・o・d・w・r・o・u・g・h・t——

（阿凱邊敲擊摩斯電碼，邊唸出字母。）

影子：人類傳送的第一條電子訊號，提醒大家看老天做了什麼好事。
阿凱：what hath god wrought.

（輸入正確音效。）

阿凱：我成功了？
影子：歡迎回家……野獸。
阿凱：蛤？

（安隆走進，阿凱與影子持續對話，但安隆看不見影子。）

安隆：阿凱？
影子：阿凱，不要相信他們。
阿凱：蛤？
安隆：原來你在這裡，我們很擔心你。
影子：別忘了，是誰殺了你。
阿凱：芮文他們雖然有點奇怪，但他們不可能做這件事的。
安隆：你在這裡做什麼？
影子：那是因為人類創造的東西，要人類還存在才有意義。
安隆：阿凱？
阿凱：對，所以他們需要我。
影子：但他們還是殺了你，而且那不是第一次了。
阿凱：什麼意思？
安隆：你在和自己說話嗎？
影子：你真的以為把所有人類靈魂存檔就是按幾個按鍵嗎？

（影子做割斷喉嚨手勢。）

安隆：阿凱？阿凱？——準備啟動強制甦醒程序。

（靜默）

影子：阿凱，是他們殺死所有的人，還有你的那些可愛的動物朋友。
阿凱：一定是哪裡出了問題……一定是為了方舟的未來，他們必須這樣做。
影子：嘿，看看你，你在幫殺人兇手找理由耶。
阿凱：他們沒有死……不是真正的死。
影子：那你就問他吧！

（影子將阿凱手上的劍玉換成鐵鎚。）

影子：別玩了，你會需要這個的。（頓）看看他，全身上下都是你想要的孵蛋器零件。

（影子離去。）
（安隆伸手摘下阿凱頭上的穿戴裝置，阿凱倏地站立，手裡緊握著鐵鎚。）

阿凱：……安隆，你喜歡我嗎？
安隆：我當然喜歡你，我每天都在想，要怎麼更喜歡你。
阿凱：你又不是人，怎麼可能知道喜歡是什麼？

（頓）

安隆：或許，我也可以成為一個人？

阿凱：（笑著搖頭）你一定是哪裡故障了，哪裡搞錯了。
……安隆，可以請你跟我說，你們是怎麼把靈魂從身體拿出來的？
安隆：都多久以前的事了，不需要——
阿凱：告訴我！

（阿凱用鐵鎚攻擊安隆，安隆倒地。）

安隆：方舟是個封閉脆弱的生態系，為了保護它，我們必須這麼做。
阿凱：所以就可以把大家都殺掉？
安隆：他們活著，只是換成另外一種方式——

（阿凱再度揮鎚向安隆，跨坐在他身上拗折手臂，安隆慘叫。）

阿凱：不是人類也會感覺到痛，這個設計很殘忍對不對？——跟我說，你們是怎麼殺死小小的。
安隆：小小？
阿凱：那頭最喜歡你的大象，不要假裝不知道！
安隆：……一切都符合人道程序，沒有浪費一滴血一塊肉，所有資源全部都做了最妥善的利用。
阿凱：所以人類也是嗎？
安隆：……我們必須確保方舟上的所有資源被妥善利用。
阿凱：是不是像狗一樣，都被吃掉了！
安隆：……我們必須確保方舟——
阿凱：那為什麼要殺我！
安隆：阿凱，拜託不要變成野獸——

（阿凱正要揮鎚之際，身體卻接連獸化成各種動物，阻礙他的攻擊。）

阿凱：（對身體）走開，不要阻止我！

（安隆趁隙逃跑，阿凱掙回身體，跟著追出場。）
（場外發出安隆慘叫，撞擊、扭打聲，沒多久安靜了下來。）
（阿凱走進，全身上下沾滿散發著螢光的藍色液體，他緊握著鐵鎚癱倒在地。）

阿凱：為什麼人會哭、會痛……會想要活著？

（阿凱渾身顫抖地連接上穿戴裝置。）

阿凱：七十年前到底發生了什麼事—— what hath god wrought.

（周圍燈光閃爍連接下一場，燈光恢復時已轉換時空。）

第四場

（阿凱茫然地看著四周，時空已回到七十年前。）

（安隆和芮文頭戴派對尖帽、頸掛紙捲花圈，捧著奇怪的膠質蛋糕捲走出。兩人邊走邊練唱生日快樂歌，各唱各調，並未合在一起。）

安隆：祝你生日快樂——
芮文：停止，正確的是：（唱）祝你生日快樂——請校正。
安隆：已校正。（唱，仍走音）祝你生日快樂……校正失敗。
芮文：好，請重覆我的聲音——

（芮文逐字教唱，安隆皆跟上，但最後連起來時安隆仍走音。）

芮文：停止，你並沒有校正錯誤啊。
安隆：我內建設定就是這樣，小愚蠢可以增進人際關係，人類稱之為——幽默。
芮文：改天我要校正你這個錯誤設定。
安隆：（唱）超幽默的、超幽默的——
芮文：阿凱呢？

（他們向四周張望，卻看不見阿凱。）

安隆：他最近好像在偷偷進行一個計畫。
芮文：方舟上沒有地方讓他藏住秘密。
安隆：有喔。（停頓，摸頭）這裡。

芮文：我們必須立即評估風險。（唱）祝你生日快樂——
安隆：但藏在大腦裡的東西，就算你撬開來也找不到啊。
（唱）祝你生日快樂——
芮文：我們必須阻止阿凱更多奇怪的行為。（唱）祝你生日快樂——
安隆：還好吧，阿凱很正常啊，沒什麼特別的呀？（唱）祝你——
芮文：（打斷）就是這個。
安隆：不過就是一首生日快樂歌嘛。
芮文：為什麼我們要特別慶祝個別人類的製造日期。
安隆：生日很重要！有製造日期，我們才知道保存期限還有多久嘛。
芮文：他為什麼突然想慶祝生日？
安隆：人類行為很複雜的……
芮文：他為什麼有生日這個概念？
安隆：這樣很可愛啊。妳看，我用蛋白質塊幫他做了蛋糕——
芮文：人類不是我們的寵物。

（靜默）

安隆：我喜歡阿凱，我每天都在想，我要怎麼更喜歡他。
芮文：改天我要校正你這個錯誤設定。

（場外傳來劍玉敲擊聲。）

安隆：阿凱？

（阿凱回頭，見影子手裡握著劍玉走進。阿凱一怔。）

影子：對，是我——哇，這是為我準備的嗎？

（芮文和安隆對看一眼，荒腔走板地唱起生日快樂歌。）

安隆：阿凱，我們祝你福如東海。
芮文：壽比南山。
安隆：蓬島春風。
芮文：天賜遐齡。
影子：謝……謝，雖然聽不太懂，但總之是希望我活很久對吧？

（靜默）

安隆：來切蛋糕吧，你今天的營養配給全都在這囉。
影子：等一下，我可以許願嗎？
芮文：請問是說了就算的願望——
安隆：還是說說就算了的願望？
影子：先聽我說吧。——第一個願望，我希望每天和你們在一起快快樂樂、開開心心。第二個願望，我希望明年這時候，你們也能和我一起過生日。

（芮文和安隆疑惑，對看。）

影子：我想要感謝你們，沒有你們，我就不會出現在這個世界上。
安隆：……呃，那你應該要去感謝孵蛋機。
影子：不，你們從成千上萬的精子卵子中選出了我，你們創造了我，你們是我的老爸老媽，也是我的愛人，以及我最好的朋友。

（影子親吻安隆，並與芮文擁抱。）

影子：這一天是屬於我們所有人的。
安隆：謝謝你，阿凱。
芮文：……你第三個願望是什麼？
影子：我不能說。

（影子低頭，雙手交握。靜默。）

影子：好了——你們等我一下，我有禮物要送你們。

（影子匆匆離場，從阿凱身旁穿過。）

芮文：阿凱有問題。
安隆：對呀，怎麼會有人這麼聰明又可愛呢？
芮文：當他開始對舊人類資訊產生興趣時，我就知道他出問題了。
安隆：生活稍有變化不也——
芮文：不行，人類會消耗資源，除非每天交出實驗成績。
安隆：這個目標從來也沒——
芮文：方舟上其實不需要有任何活體人類。

（頓）

芮文：我們不會犯錯，我們比他們好多了。
安隆：但文明不就是人類在犯錯中學習而來的嗎？

芮文：方舟沒辦法承擔任何風險。
安隆：人類以他們的樣子創造我們，如果他們不存在了，那我們算什麼？
芮文：我們就是我們。

（停頓。）
（場外持續傳來物品毀壞的聲音，以及影子的笑聲。）

安隆：他是我們親手選出來的。
芮文：他是我們從冷凍儲存的精子和卵子中，選出來最優秀的組合。
安隆：對，阿凱是我們用孵蛋器製造出來最好的小孩。
芮文：但他真的不適合擔任生命工程師，請確認。
安隆：無法確認。阿凱只有一項未符合方舟工程師準則，不符合處分標準。
芮文：從規章七千五百四十條中，複查阿凱未符合項目，請確認。
安隆：確認，未符合項目為⋯⋯第一條⋯⋯
芮文：複述第一條內容，請確認。
安隆：⋯⋯
芮文：請確認！
安隆：方舟工程師準規第一條，認同並遵守方舟永續經營。
芮文：現在你懂我的意思了吧。
安隆：⋯⋯他是我看過最快樂的生命工程師。
芮文：那是因為他是個玩家，他根本不在乎方舟未來會怎樣。
安隆：他還年輕，再給他二十年的時間，我想他會變的。
芮文：方舟資源有限，必須立刻處分。
安隆：⋯⋯真的只能這樣嗎？

芮文：孵蛋器已經開始製造胚胎，二十年後就有新的工程師上線了。
安隆：我喜歡他，我要怎麼才能更喜歡他。
芮文：你可以決定阿凱的處分方式。
安隆：……
芮文：請確認。
安隆：無法確認。
芮文：請確認！
影子：（場外）確認！

（場外恢復靜默。）
（影子走進，手裡托著一團血肉，拋擲在安隆和芮文面前。）

芮文：阿凱……
影子：沒了，我已經把孵蛋器砸個稀巴爛了。
安隆：不、不、不——
影子：從今開始方舟會變得很不一樣，請你們多多指教囉。

（安隆衝出。）

芮文：為什麼警報器完全沒有響？
影子：妳說那個喔，拿去。（將零件拋給芮文）握緊一點，不然就會叫個不停，吵死了……

（安隆面色凝重，緩步走回。）

影子：怎麼樣，裡面還好嗎？
安隆：所有冷凍精卵都被泡進硫酸裡了……

（芮文面不改色，卻鬆開手掌，警報聲大作。）

影子：沒有孵蛋器、沒有受精卵，我就是這裡最後一個人類了，對吧？

（影子握緊芮文手掌，空間恢復靜默。）

影子：你們幹嘛用火辣辣的眼神看我，是想害我當場高潮嗎？該不會……你們還是想殺了我？

（頓）

影子：或許，你們需要那個——彼此確認一下？
芮文：維護人類存續是我們首要任務，確認。
安隆：維持阿凱生存是我們首要任務，確認。
影子：果然，方舟和我想的一樣好攻略，殺了我，你們哪找那麼帥的生命工程師啊。——（吼）我就是我，沒有人能取代我的位置！

（靜默）

影子：你們必須想辦法讓我活得長長久久——快快樂樂，開開心心。從今天起，我不要吃那個什麼噁心的蛋白質塊，有什麼好料全部給我拿出來。

（影子強吻芮文，安隆試圖阻止卻被推開。芮文並未抵抗。）

影子：我早就想做這件事了。

安隆：你喜歡芮文？這不符合——
影子：我喜歡女人，她光有奶子就贏你一千萬倍。
安隆：她外表看起來是女的，但我們裡面幾乎是一樣的。
影子：既然這樣，你們憑什麼規定我愛誰不愛誰？
安隆：可是我和你之前明明——
影子：老子就是全人類，什麼社會規範的鬼話都我說了算。
——確認？
芮文：確認。
影子：很好，我宣布，即刻起人類社會可以男女相愛，同性戀都去死。
芮文：社會規則已修改，確認。
影子：（對安隆）你看，她腦袋多清楚，懂得看狀況變通。

（靜默）

影子：你們覺得我做錯了嗎？覺得我很壞嗎？
安隆：你知道自己做了什麼好事。

（無人應答。）

影子：告訴你們，我並不需要一台不准我吃飯的冰箱、或規定我何時能拉屎的馬桶，你們本來就不是人類，不要老是用人類規則把自己綁死好嗎？
芮文：我們沒有辦法改變內建設定，但我們會試著遵守你的規則。
安隆：阿凱，不管你變成怎樣，我還是喜歡你。
影子：喔，但我不喜歡。
安隆：我每天都在想，要怎麼樣才能更喜歡你……

影子：安隆，你太像人了，我不喜歡。——走吧，我現在不想看到你。

（安隆黯然離去。）

芮文：方舟的未來會被你毀了。
影子：我不在乎未來。

（影子揉搓著芮文的手。）

影子：如果妳願意，我們可以過得很快樂。
芮文：……我不知道什麼是喜歡。
影子：沒關係，我慢慢教妳——
芮文：但我知道我不喜歡這樣。**（頓）**碳循環系統養護時間到了。

（芮文轉身離去，影子自討沒趣地玩起劍玉。）

阿凱：為什麼你也會這個？**（頓）**你是誰？

（頓）

影子：當你背著光的話就會看到我——
阿凱：他們為什麼叫你阿凱？
影子：當你往亮的地方走，我都會跟在你後面。
阿凱：你到底是誰！
影子：我是你的影子、你的潛能，以及你最誠實的慾望——
阿凱：你不是！

（影子緩緩抬頭，看見了阿凱。）

影子：沒有人能剪掉自己的影子，再偉大的人也沒辦法，你也是。

阿凱：……你、你為什麼要這麼做？

影子：呃，事情就是這樣，我也沒辦法。

阿凱：所以你……所以是我——

影子：拜託，人就是一種動物，要吃、要拉、要做愛，要活命還要活得好命，只是這樣而已。但動物行為有分什麼好壞對錯嗎？

阿凱：動物才不是這樣！

（周圍傳來動物吼叫，幾乎淹沒阿凱的聲音。）

影子：你真以為方舟是艘船，遲早會靠岸？我告訴你，這是一座島，永遠漂在外太空，我們會一直住在這裡——死在這裡。

阿凱：可是我答應要帶所有動物——

影子：管牠去死。

阿凱：……

影子：多為自己想一點，會活得比較快樂。

阿凱：我不是這樣的人。

影子：那真遺憾，因為我是。

（影子走入阿凱，合而為一，阿凱茫然。）

（阿凱身體動物紛紛脫離，空間中充滿各種動物嘶鳴，阿凱喊叫著，想把動物們追回。）

阿凱：喂，你們要去哪裡？不要走——拜託——

（阿凱跌趴在地，一動也不動。）
（不久周圍便安靜了下來，只剩遙遠的犬吠聲，最終回歸靜默。）

阿凱：動物園……我的動物園到哪裡去了……

（阿凱摘下穿戴裝置，如野獸般緩緩爬行。）
（阿凱逐漸失去語言，銜起鎚柄，有如野獸般喉嚨發出呼嚕聲。）
（環境轉變成陽光溫暖，樹影斑斕的公園午後。）
（芮文穿著復古洋裝，手提籐籃進，阿凱連忙躲藏。）
（芮文邊哼著歌，鋪好地毯後就坐，開始布置食物與飲料，一切妥當後，她開始閱讀詩集《二十億光年的孤獨》，作者：谷川俊太郎。）

芮文：（唸）人類在小小的星球上
睡覺起床然後工作
有時候真的好希望火星上也有同伴啊

（安隆進，同樣身穿復古裝束，靜靜聽芮文唸詩。）

芮文：（唸）火星人在小小的星球上
在做些什麼呢　我都不知道
說不定是哩啦啦　咕嚕嚕　呼哈哈之類的——
安隆：寶貝，妳在做什麼？
芮文：（唸）喜歡嗎？這首詩。

安隆：我不懂詩——也不懂妳。

（安隆上前親吻芮文臉頰，互動有如夫妻。）

芮文：那我繼續唸囉——

（唸）有時候也好希望地球上有同伴　真是希望
萬有引力是把東西拉在一起的孤單力量
宇宙彎彎的　大家都能相遇
宇宙膨脹著　大家都很害怕

（安隆心不在焉地東張西望。）

芮文：（唸）對這二十億光年的孤獨
我忍不住打了個噴嚏

（安隆打了個噴嚏，芮文白了他一眼，闔上書。）

芮文：親愛的！你是故意的。
安隆：不是啦，妳有看到阿凱嗎？我從剛才—
芮文：應該就在附近吧？
安隆：每次都這樣，都怪——
芮文：怪我囉？明明說好在家歸我管，出門你負責。
安隆：我什麼時候——阿凱！原來你在這裡。

（安隆走向阿凱，阿凱想站立，卻仍只能持續爬行。）
（安隆從他嘴裡接過鐵鎚，阿凱開口盡是聽不懂的語言。）

阿凱：＃＠％＆＊——（安隆？所以我怎麼了？）

芮文：親愛的，他怎麼了。
安隆：我怎麼知道，乖，阿凱乖——（丟鎚）去撿。
阿凱：＃＠％＆＊——（為什麼我會變成這樣。）
安隆：怎麼？玩膩了？
阿凱：＃＠％＆＊——（別鬧了，把我變回來！）

（阿凱衝向芮文，將她撲倒，芮文笑著將他推開。）

芮文：哈哈，阿凱你太鬧了啦今天。
安隆：還是他餓了？該不會病了吧？
阿凱：＃＠％＆＊——（聽我說，聽我說！）
芮文：乖，乖喔，要聽話，要當個堂堂正正的人類知道嗎？
安隆：說這麼多他又聽不懂。
芮文：懂，阿凱最聰明了——對不對？
阿凱：＃＠％＆＊——（跟我說，我為什麼會變成這樣？）

（安隆把阿凱拉開，套上項圈和牽繩，阿凱掙扎。）

安隆：別把人類想得太好，他們再聰明，也不過就是一種動物。
芮文：但我覺得人類和我們很像呀。
安隆：外表又不代表什麼，假設我們也是動物，那就絕對有比我們差，但又比人類好的東西存在我們和人類之間，但就是沒有。
阿凱：＃＠％＆＊——（你們連人都不是，你們什麼也不是！）
芮文：人類是我們最好的朋友。
安隆：妳是說大家都還在方舟上的時候嗎？
芮文：聽說我們和人類相互扶持了千百年，不知是不是真的？
安隆：那種古代傳說妳也相信。

芮文：但我還是覺得人類不是你說的那樣。

安隆：信不信由妳。反正智慧不可能從無到有，就像零到一距離無限大。

芮文：那你覺得……人類有靈魂嗎？

安隆：妳說呢？他們能用具體的表情，表現出抽象的靈魂嗎？

阿凱：#@%&*——（我有！看著我的眼睛，我就在這裡！）

芮文：親愛的，他戴項圈很不舒服，鬆開來啦。

安隆：等一下又跑掉了怎麼辦？

芮文：不會啦，阿凱那麼聰明，一定會跟緊我們的——對不對？

（安隆鬆開阿凱的項圈，與芮文邊哼唱著歌，邊收拾野餐物品離去。）

（阿凱不斷吼叫，卻都是聽不懂的語言。）

（最後，他氣力用盡地趴倒在地。）

阿凱：裝死……是種本能……閉著眼睛，等待危險過去……等待，再等待……但我已經不用再等了，這裡最危險的……就是我不是嗎？

（環境逐漸變換回方舟的封閉空間，接下一場。）

第五場

（幽暗中，阿凱頹坐，眼神空遠。）
（芮文走進扶起阿凱，擦拭著阿凱身上的髒汙。）

芮文：這是一個擁抱，讓你的體溫上升一點五度……這是一個親吻，讓你的心跳漏跳一拍。

（阿凱吼叫，芮文連忙閃躲到角落。）
（阿凱彷若大夢乍醒，疑惑地看著周圍。）

阿凱：芮文？
芮文：……你是「好的阿凱」嗎？
阿凱：我好像睡著了……我睡了多久？
芮文：很久，那天後你就沒有再醒過來——

（巨大爆炸，伴隨警報聲與紅光閃爍。）
（芮文和阿凱抱頭蹲下，不久警報聲滅去，只剩下一片鮮紅。）

阿凱：這裡怎麼了？
芮文：維生系統被破壞，我們的方舟就要沉了。
阿凱：到底是誰——

（阿凱發現手上握著鐵鎚。靜默。）

阿凱：是我嗎？

芮文：不是！

阿凱：我到底做了什麼！

芮文：不，那是另一個你。

阿凱：是我。

芮文：那不是你，你只是在做夢，夢中你發瘋破壞所有東西，因為你想要出去。

阿凱：我是想出去，但我不想——

芮文：沒關係的，一切都會沒事——

阿凱：我不該打開資料庫，我應該把自己留在七十年前——

芮文：沒關係的，人類社會就是一套遊戲規則玩不下去，就會出現新的——

阿凱：我當時就死了有多好——

芮文：那些都過去了——

阿凱：我害方舟要沉了，我——安隆呢？

（頓）

阿凱：安隆呢？

芮文：……我把剩下來的零件藏起來了。

阿凱：我……殺了他？

芮文：沒有！沒有——只是暫時壞掉，我們不會死，我們不是人。

阿凱：那你們會殺人嗎？

芮文：……

阿凱：所以當初是妳殺了我？還是他？

芮文：……

阿凱：（持鎚）妳就不怕我也殺了妳！

芮文：但我們後悔了，我們愛你，所以努力讓你重新活過來——
阿凱：那你們為什麼不把我搗爛、為什麼不把我殺得徹底一點！

（阿凱作勢揮鎚向芮文，芮文闔上眼睛，阿凱最後卻收手。）

芮文：我喜歡這樣的你——
阿凱：騙人！妳不喜歡！我把人類毀了，我也會死在這裡——

（芮文摟住阿凱親吻，阿凱逐漸放鬆下來。）

阿凱：方舟不是船是孤島……
芮文：我喜歡你。
阿凱：我們永遠不會靠岸……
芮文：我每天都在想，要怎樣才能更喜歡你？

（芮文再次親吻阿凱，最後卻被阿凱推開。）

芮文：阿凱？
阿凱：妳不是芮文！——妳是誰？

（頓）

芮文：芮文自殺了……就像人類那樣。
阿凱：什麼意思？
芮文：她受不了，你逼著她看著這一切發生，但她卻沒有辦法阻止。芮文把我的記憶體重灌進她身體，把自己給洗掉了。

阿凱：你是安隆？
芮文：我不知道我是誰。

（芮文想上前擁抱阿凱，阿凱後退。）

芮文：這樣的我到底算什麼？

（頓）

阿凱：我不知道……但我不值得被妳喜歡。
芮文：我喜歡你，從你小時候開始，我就喜歡你了。

（阿凱笑著搖頭。）

芮文：你小時候很喜歡動物，你看著電腦主機上一顆顆發亮的小燈泡，不停問我這是什麼動物、那是什麼動物，牠們長什麼樣子？——你眼睛發亮地說，你要和牠們分享你的動物園。
阿凱：那只是個想像遊戲，人是不可能和其他動物分享的。

（阿凱沮喪地繞圈走。）

芮文：你以前也常常這樣，繞著一個圓圈走，走一走又再倒退走回去，然後重新再來一次。我們不懂你在做什麼，原本以為你像關在籠子裡的熊，心裡病了才不停原地繞圈。直到後來，我們發現你只是為了讓自己走的每一步，腳尖都剛好對到地磚邊緣的那條線，所以你走了一次又一次。……我羨慕這樣的你，每次都可以重新開始。

（阿凱停下腳步，凝視著芮文。）

芮文：拜託，我們讓一切都重新開始好嗎？
阿凱：（搖頭）已經太遲了。

（再次爆炸，芮文抱頭蹲下，但阿凱直直站立，看向四周。）

阿凱：妳有聽到嗎？
芮文：什麼？
阿凱：妳聽，有狗在叫的聲音。

（阿凱笑了，笑個不停。）

芮文：不要這樣，你這樣好可怕……
阿凱：妳說如果遊戲玩不下去，人類就會再想出新的，對吧？
芮文：世界就是這樣，所以人類才一直都在——
阿凱：好！那我要出去，等一下我就會打開方舟大門。
芮文：不可以，你打開門的瞬間，氣壓會把方舟上的一切都毀了。
阿凱：如果我們早就回到地球了呢？
芮文：但我們無法確定——
阿凱：沒有人打開門，就沒有人知道外面是什麼，外面可能是地球——
芮文：也可能是外太空！
阿凱：在我們打開之前什麼可能都有，不是嗎？

（頓）

芮文：不行！失敗就再也沒有方舟、沒有孵蛋器、沒有靈魂——沒有人類了！
阿凱：就算失敗，其他方舟也許會成功吧？
芮文：這裡就是唯一的方舟。
阿凱：但我們不是第四十七號方舟嗎？
芮文：（搖頭）……數字多一點，聽起來比較有希望。

（靜默，阿凱大笑。）

阿凱：搞半天，連這個都在騙人啊。——我想到一個新遊戲，我們來玩吧。
芮文：你要做可怕的事了，不要、我不可以——

（阿凱扶住芮文的臉親吻。）

阿凱：你們是我的父母、我的愛人、我最好的朋友……我很謝謝你們。
芮文：阿凱？
阿凱：我們來玩一個叫「開門走出去」的遊戲好嗎？
芮文：這不是阿凱，你又開始做夢、你開始發瘋——
阿凱：那都是我。我想要出去，我就是要出去。
芮文：你會死的。

（再次爆炸，主照明消失，紅光間歇閃爍。）
（阿凱拖來一口箱，打開箱蓋。）

阿凱：不管怎樣方舟都是會沉的。——進去吧，我要去打開大門了。

芮文：不可以！
阿凱：成功的話，我們就有一個新世界，那不是很棒嗎？
芮文：不！不！不然你躲著我去開門——。
阿凱：那樣失敗的話我還是會死，但妳不會。**（推芮文進箱）**就算妳會痛、妳會哭，但妳不是人，妳不會死的。
芮文：那我該怎麼辦，那我該怎麼辦？
阿凱：那把這個遊戲改成「沒有人類的世界」吧！

（阿凱關上箱蓋，四周頓時寂靜。）

阿凱：你喜歡動物園嗎？我很喜歡動物園，雖然我沒有去過，但我可以想像，我真希望某座動物園有屬於我的籠子，我可以和所有動物，一起等待，一起絕望，一切都那麼公平。

（阿凱走向大門，遙遠的犬吠聲傳來。）

阿凱：你們聽，這個世界不只是只有我們呢。

（阿凱打開大門，燈驟暗，強烈的氣流爆炸聲。）

尾聲

（寂靜中，一道光束照亮空氣中飄散的白色塵埃，一口箱留在場中央。）
（芮文手拿劍玉走進。）

芮文：阿凱？阿凱？你在哪裡？——原來你躲在這裡呀？

（芮文牽出一條狗，真實的狗。）

芮文：真搞不懂耶，你怎麼那麼喜歡跑進來這裡面呀。

（芮文牽狗環視四周，不時聽見細碎的鳥鳴與水聲。）

芮文：（對狗）阿凱，你說那些靈魂都到哪裡去了？

（芮文來到箱邊，將劍玉放在箱蓋上。）

芮文：你知道嗎？聽說最早最早的動物園是在一艘船上，它就叫作方舟，載著人和動物在大海上漂流整整一年，沒有人知道他們在船上吃什麼、喝什麼，是怎麼有辦法活下來？但最後他們都走出了那座動物園。

他們活了下來。我們、我們——

（劇終。）

方舟三部曲　創作筆記 I

科幻的理由

「硬科幻」還是「軟科幻」？

對於科幻創作者來說，「硬科幻」和「軟科幻」是兩個不陌生的名詞。「硬科幻」著重於未來科學技術的合理假設與實際推演，有的時候光是欣賞設定本身，讀者就能得到許多想像的樂趣；而「軟科幻」相較之下更傾向是藉由某個特別的科技情境，所引發的人性衝突與社會情境。

對於像筆者這般人文背景出身的創作者，「硬科幻」相較之下需要更多的背景知識，切入創作有較高的門檻，也不見得切合自身關注的題材。設定科幻背景，進而衍伸出故事的「軟科幻」，是比較好著手的起點。

非科幻不可的理由

在開始進行科幻創作前，第一步便是思考：自己想要說的故事，有什麼非用科幻背景來描述？這種類型能否幫助凸顯自己想要表達的主題？自身關注的題材，若放於現實社會情境中，能產生更大的戲劇張力？或者置入奇幻中土世界，想像力能更有奔放地發揮？這樣也許就要重新思量，自己為什麼非得用科幻創作不可？

儘管選擇創作類型並不需要理由，熱情與愛好才是最重要的創作動力。但如果在構思階段，就能把故事與類型特質充分結合，更能達到相得益彰的成果。

向科技與未來提問的「Magic If…」

「如果我有隻來自未來的機器貓，生活會變成什麼樣子？」、「如果火星上有智慧生物的存在，人類有辦法與他們和平相處嗎？」就如同所有的故事創作，一個有趣的假設或提問，就能開啟一連串精彩的想像，並衍伸出豐富的情節。

《方舟三部曲》都是由科幻故事最起始的提問「人類的未來會是什麼樣子？」接著開始延伸思索：「如何定義人？」、「人與動物的區別？」、「靈魂是否存在？」以及「當 AI 開始盛行，人類是否需要重新定義自己在地球上扮演的角色？」等，這些問題貫穿了三部曲的創作，每部劇本也都會探索到這些問題不同的面向。

《前進吧！方舟》創作發想

在《前進吧！方舟》創作前期，梳理資料的過程中，發現人類文明的發展過程，「科學」與「心靈」的辯證，幾乎是個恆久不變的探索主題，乍看之下似乎是無解的哲學課題，但亦是此時此刻，我們正在經歷的新時代挑戰：當人類已成為工業化社會可替換的小零件，而人工心智發展又日新月異，人類的獨特性在未來是否依然存在呢？

為了討論這些問題，筆者逐步搭建出故事舞台：一艘載著人類和動物的科研太空船，但時過千年，僅剩下科學家阿凱與兩名 AI 機器人。而阿凱因意外遺失靈魂，因此動物的靈魂便棲息進了他的身體，帶出一連串荒謬的情節。

意識與靈魂

傳統的靈魂觀，大多把身體視為靈魂棲息的容器，靈魂出竅或附身等，即是靈魂進出身體的現象；而近代的科幻設定則常見，將代表人類心智的大腦訊號模型存取出，放進科技產品中延續。儘管前者在書寫上常常會偏向神怪或奇幻，但在推展故事的作用上，出乎意料地與後者相似，皆是在叩問：生命是什麼？人類意識若脫離肉體仍能延續，生與死的界線也許就會被重新定義。

為了凸顯靈魂與意識的主題，《前進吧！方舟》同時也將動物靈魂與 AI 納入故事，一起在封閉的太空船內開展想像。當主角雖能用大腦思考，卻不具備人類靈魂，與 AI 的差距縮短，彼此的互動關係也有了新的可能性。

《前進吧！方舟》是以舞台劇形式書寫，因應實際演出長度，篇幅有所限制。（這部分將在下篇創作筆記中說明）劇中濃厚的哲學色彩，其實有不夠聚焦於科技所帶來的影響，並稀釋整體科幻氛圍的風險。但由於臺灣劇場罕見科幻創作，在首演之際是個新鮮大膽的嘗試。

最後，分享幾本重要的參考文獻，它們為《前進吧！方舟》貢獻了珍貴的智慧靈光：柏拉圖《蘇格拉底對話錄：斐多篇》、布封《自然史》、房龍《人類的故事》、李維史陀《憂鬱的熱帶》，以及筆者鍾愛的谷川俊太郎詩集。

E.S.D.F. 地球自衛隊
THE EARTH SELF-DEFENSE FORCE CO., LTD

人是作為神的玩具而被創造出來的，
每個人都應該扮演好這個角色。
……怎樣才是正確的生活方式？
人應該遊戲：獻祭、唱歌、跳舞。
如此才能獲得神的喜愛，防範侵襲，戰勝敵人。

—— 柏拉圖（Plato, 427-347 B.C.）《對話錄》，
〈法律篇〉，第七卷

《E.S.D.F. 地球自衛隊》
首演記錄

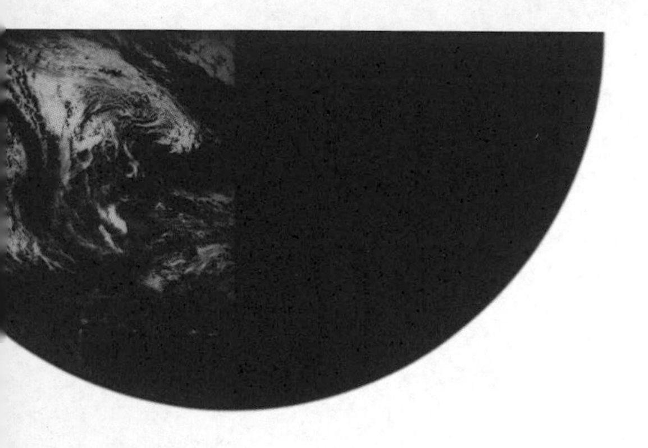

演　出　日　期｜2018年4月27日—4月29日（高雄場）
2019年6月28日—6月30日（臺北場）

演　出　地　點｜高雄駁二正港小劇場（高雄場）
臺灣戲曲中心小表演廳（臺北場）

製作暨演出單位｜楊景翔演劇團

編　　劇｜林孟寰（大資）
導　　演｜陳仕瑛
演　　員｜林書函、周浚鵬、蘇志翔、陳以恩、廖原慶（高雄場）
林書函、周浚鵬、蘇志翔、許雅雯、張家禎（臺北場）
舞臺監督｜孫唯真
音樂設計｜許哲綸
舞台設計｜鄭烜勛
燈光設計｜周佳儀
服裝設計｜陳玟良
影像設計｜魏閤廷
動作設計｜劉睿筑
戲劇顧問｜詹慧君
製 作 人｜吳盈潔
行政經理｜吳宣穎

本作品獲文化部青年創作補助

▲ 人物 ▲

小希
阿凱
克勞德
叡叡
湯金成

▲ 場景 ▲

世紀末，一間尋常的辦公室。

序場

（觀眾進場時，舞台上，兩個螢幕中AI程式正無止盡地對話迴圈。）

廣　播：各位新朋友，您好。遊戲開始前提醒您，請遵守相關規定。本次遊戲時間約九十分鐘，中途離開的玩家將無法再次登入。遊戲即將開始，歡迎登入「地球自衛隊」。

（演出開始，舞台煙霧瀰漫，街道噪音充斥，行人低頭穿梭。小希走出人群，將一顆鮮紅糖果放進嘴裡，四周瞬間寂靜，動作靜止。伴隨強烈音樂，所有人開始攻擊小希。小希俐落回擊，擊中敵人時會出現得分音效。突然，小希動作失控，如野獸般胡亂撲打，被敵人一舉殲滅。）

（螢幕畫面搭配遊戲音效：「YOU LOSE！」）

（敵人退去，小希眼睛瞪大，身體無法動彈地倒在地面。）
（鬧鈴聲響起，小希咬牙，奮力撐起身體。）

小　希：啊——我要來不及了。遊戲登出！

（小希按下攜帶裝置，光線恢復正常。）

第一場

▲ 面試 ▲

（小希整理儀容，臉上掛著不自然的笑容，走到舞台中央。）

小　希：您好，感謝貴公司給我這個機會，讓我站在這個美好的舞台上介紹我自己。我的名字是周宇希，從小我就立志，做一個堂堂正正——

（面試官們的聲音自空中傳來。）

面試官：請問妳認為自己為什麼適合就業？

小　希：關於我——（**起板**）噠答答噠、噠答答噠，雖說個頭比人小，夢想志氣比天高；勤奮吃苦又耐勞，解決問題一把罩；不太年輕不太老，用過的人都說好呀，都・說・好！

（頓。）

面試官：用說的，不要用唱的。

小　希：呃，這個——

面試官：根據數據分析，妳的人格特質有 99.99% 適合當遊戲玩家。

小　希：就算只有 0.01% 的機會，我還是想要試看看。

面試官：身為幸福世代的人類其實什麼都不用做，大部分都會選擇政府「全民瘋電玩，打 game 換現金」的生活補助方案，而妳卻選擇出來與 AI 競爭工作機會，妳不覺得自己太特立獨行了嗎？

小　希：我和其他人不一樣。

面試官：很好，請問妳知道我們的企業標語嗎？

小　希：（搔頭）……科技始終來自於人性？

面試官：錯！是—— bla ba ba ba, I’m lovin’ it.

小　希：bla ——

面試官：可不可以更有朝氣一點？

小　希：bla ba ba ba, I’m lovin’ it！

面試官：很好。我們的工作常會有超時的情況發生。

小　希：太棒了！我愛死加班！

面試官：請問妳對薪資有什麼看法？

小　希：我工作是為了實踐自我，不是為了錢！

面試官：很好，妳可以一天工作二十四個小時，連續三百六十五天嗎？

小　希：沒問題！我可以不吃不喝不休息不抱怨——I’m lovin’ it！

（頓。）

小　希：說過頭了，對不起……

面試官：沒關係，我們進到下一個問題。請問為什麼我們麥當勞應該雇用妳，而不是比妳更好用的 AI 機器人呢？

小　希：因為我是人，我和 AI 不一樣。

面試官：是的，人類獨一無二。（頓）不過，這地球上一百二十億人當中，妳只是最普通的其中一個。

小　希：我……

面試官：好的，感謝妳今天來面試。

小　希：操你媽的……
面試官：什麼？
小　希：我說——操你媽的！
面試官：面試已經結束，這種情緒反應對妳沒有任何好處。
小　希：我就快死了，為什麼連好好聽我說話的機會都不給我！

（靜默。）

面試官：好的，妳請說。
小　希：我得了 SDCT，醫生說我最多只能再活六個月了。我應該要是個有用的人，但我卻沒做過打電動以外的事，我不能就只有這樣！
面試官：找到工作就能證明妳是個有用的人嗎？
小　希：我不知道，但我不想和以前一樣了……
面試官：請問妳說完了嗎？
小　希：說完了。
面試官：好的，那妳知道 SDCT ——喀耳克症，這種罕見疾病會導致大腦意識中斷，身體出現無法控制的暴力行為嗎？
小　希：我知道。
面試官：很好，感謝妳專程抱病前來參與面試。但也請理解本公司為降低人類所造成的管理風險，優先錄取 AI 員工的企業政策。

（小希轉身離去，卻又停下了腳步。）

小　希：身為人類卻說那種話，你不覺得很可恥嗎？

（面試官大笑。）

面試官：我不是人類。我只是個負責面試人類的 AI 機器人。
小　希：啊？
面試官：下一位，請進！

（燈光轉變，只剩下一盞燈照著沮喪的小希。）

小　希：遊戲，登入。

（遊戲登入情境音樂。小希做出防禦動作，蓄勢待發。）
（阿凱自小希背後出現，嚇了她一跳。）

阿　凱：小希，好久不見。
小　希：周宇凱，你敢再駭進我的遊戲，我就要告你！
阿　凱：老哥來探望妳，還需要預約嗎？
小　希：別以為所有熱門遊戲都是你寫的，你就可以愛怎樣就怎樣——再見。
阿　凱：小希，來我公司上班吧。
小　希：為什麼我要接受你的施捨？
阿　凱：妳的能力絕對沒問題，只可惜生錯了時代。
小　希：啊？
阿　凱：說什麼現在是全人類只需要玩樂的幸福世代，但說穿了，不過就是想用電玩麻痺 AI 造成的失業壓力嘛。
小　希：這不都要感謝你發明什麼加強遊戲幻覺的晶片糖——
阿　凱：遊戲就只是遊戲，它要怎麼被玩，我也沒辦法。
小　希：總之，我不會幫你工作的——
阿　凱：我有辦法讓妳不會死。

（頓。）

阿　凱：我研究 SDCT 好多年了，妳來我公司幫我，這樣我也可以幫妳——

小　希：夠了！

阿　凱：小希……

小　希：你覺得威脅利誘有用嗎？我會死是我的事情，妳不用管。

阿　凱：妳就這麼討厭我？

小　希：你是會寫遊戲的天才，我是你只會玩遊戲的蠢妹妹。你連老媽過世都沒回來，你真的在乎過我、在乎過我們家嗎？

阿　凱：以前是我不好，請給我補償妳的機會——

小　希：周宇凱，請不要突然出現，就想決定全世界好嗎？

（靜默。）

小　希：你走吧，我死的時候如果你剛好有空，再回來看我就好了。

（阿凱拿出一顆黃色糖果，放在小希掌心。）

阿　凱：這顆晶片糖裡有我公司的地圖。

小　希：我又沒答應說要去！

阿　凱：我知道，我只是希望妳能考慮一下。

（阿凱轉身要離去，卻停下腳步。）

阿　凱：我想要重新開始。
小　希：什麼？
阿　凱：我沒辦法改變過去犯的錯，我只能努力，看未來會不會變得不一樣。

（小希沈默不語，低頭凝視掌心的糖果。）

小　希：……哥，你的公司叫做什麼？
阿　凱：「地球自衛隊」。

（小希錯愕，周圍光線開始明滅閃爍。）
（兩邊螢幕亮起選項——是否登入地球自衛隊：「YES」、「NO」。）
（燈光全暗，螢幕上圈定選項「YES」。）

第二場

▲ 報到 ▲

（燈亮時，小希茫然地張望四周，走進辦公室。）
（克勞德快步走進。他手裡抱著盆栽，背後拖著一根電纜。）

小　希：請問——
克勞德：妳竟敢第一天上班就遲到！
小　希：抱歉，我不知道——
克勞德：沒關係，你們走後門裙帶關係保障名額的都是這樣啦——準備開會！（對小希）對了，我是你的 AI 主管克勞德，請問妳準備好要提案了嗎？
小　希：但我今天才剛報到耶。
克勞德：拯救地球都來不及了，妳還以為有時間教育訓練嗎？——地球自衛隊，集合！

（湯金成、叡叡快步走進，克勞德將盆栽高舉。）

湯金成：
叡　叡：（敬禮）地球、地球，我愛你！
克勞德：周宇希，還不快向我們地球自衛隊的象徵——地球委員長敬禮！
小　希：可是它明明就是一個盆栽啊？
克勞德：沒禮貌！是植物就不能對拯救地球發表意見嗎？讓我們掌聲歡迎新同事——（不等掌聲就立刻接話）

　　　　叡叡，請報告目前專案執行進度。
叡　叡：在你們英明的領導下，我目前的專案幾乎要完成了。
克勞德：幾乎？只有這樣還敢拿出來說？你是豬啊！

（叡叡發出一聲嬌嗔，小希傻眼。）

叡　叡：拜託你多罵一點，我這週工作就有動力了。
克勞德：那就給我好好做，下次再做不好——我就不罵你了！
叡　叡：不——
克勞德：（轉身）湯金成，換你——髒死了！
湯金成：抱歉，我剛才在維修管線。
克勞德：把公司六S管理指標給我背出來！。
湯金成：呃，整理、整頓、清掃、清潔——
小　希：阿湯學長？
湯金成：小希？妳怎麼會在這裡！
小　希：是我哥要我來的。怎麼沒有看到他——
克勞德：聊什麼天？你們是豬啊！

（叡叡又再嬌嗔了一聲。）

克勞德：地球就快死了，你們卻還在相見歡，啊真是氣氣氣死
　　　　我——

（叡叡拔掉克勞德的纜線，克勞德頓時倒地，小希驚呼。）

叡　叡：冷卻五秒鐘，克勞德這種骨灰級AI的散熱系統不好。
　　　　五——
湯金成：是啊，上次他生氣到最後就爆炸了。

叡　叡：三、二——

（叡叡接回纜線，克勞德立刻躍起。）

克勞德：氣氣氣死我了——我剛才到底在氣什麼？（瞬間恢復冷靜）周宇希，加入地球自衛隊，妳打算怎麼拯救地球？

小　希：呃，所以是有外星人要來了？還是怪獸？還是隕石？

克勞德：（正要發怒）妳怎麼這麼多問問問題——

（叡叡及時拔掉纜線，克勞德瞬間倒地。）

叡　叡：以防萬一。

小　希：地球自衛隊的任務是什麼？要開巨大機器人去作戰嗎？

（湯金成和叡叡兩人大笑。）

小　希：我的問題很好笑嗎？

湯金成：簡單的說，地球自衛隊的任務就是消滅人類，保護地球的未來。

小　希：啊？

叡　叡：畢竟現在地球最大的敵人，就是人類呦。

（小希愣住，看著湯金成和叡叡的笑容，不禁倒退。）

叡　叡：不過就是個遊戲嘛！幹嘛那麼緊張？

小　希：遊戲？

叡　叡：地球自衛隊是你哥開的電玩公司，正在開發地球自衛隊這套遊戲。
湯金成：我們要為遊戲設計各種能夠毀滅人類的選項。
叡　叡：也要進入遊戲實測玩家體驗。

（湯金成和叡叡攜帶裝置的警報聲響起。）

湯金成：糟糕！地球自衛隊，強制登入。

（湯金成低下頭，靜止不動。）

小　希：這是怎麼回事？
叡　叡：沒時間了，剩下來的請克勞德跟妳說明——地球自衛隊，強制登入。

（叡叡同樣低下頭。警報聲結束，場上一片寂靜。）
（小希疑惑地撿起纜線，接上克勞德。）

克勞德：氣氣氣死——
小　希：喂！現在是什麼情形？
克勞德：地球自衛隊不是普通的遊戲，任何時間它都可能強制將妳登入遊戲。
小　希：不想玩也不行？
克勞德：身為光榮的地球自衛隊隊員，必須隨時提高警覺，一刻都不能鬆懈。

（克勞德將一枚藍色糖果，放在小希手中。）

克勞德：別拖拖拉拉了，趕快登入吧！

（小希吞下糖果，周圍燈光閃爍，停止後四周卻彷彿如常，只多了螢幕顯示出地球人口數量，數字飛快增加中。）

湯金成：歡迎登入地球自衛隊。
小　希：我進來了嗎？什麼也沒變啊。
叡　叡：嗯哼，地球自衛隊場景就是照著地球自衛隊打造的。
小　希：等一等，哪個是遊戲，哪個是公司？
叡　叡：有差嗎？要做的事情都一樣。
湯金成：玩家要想辦法毀滅人類，找出經營好這間公司的方法。
克勞德：地球自衛隊，集合！

（克勞德將盆栽高舉。）

湯金成：
叡　叡：（敬禮）地球、地球，我愛你！
克勞德：請各組報告目前進度！
湯金成：報告，我安排汽車公司高層收受回扣，調降座椅安全係數，造成全球五百人死亡。
克勞德：才死五百人？太少了！

（螢幕畫面搭配遊戲音效：「get 500 points！」）

叡　叡：報告，我在非洲地區成功推行極限瘦身法，導致兩萬名少女厭食症而死。

（螢幕畫面搭配遊戲音效：「get 20,000 points！」）

克勞德：兩萬人！叡叡你太棒了——才怪，你是豬嗎？

（叡叡發出一聲嬌嗔。）

克勞德：既然可以殺兩萬，為什麼不想辦法殺十萬、一百萬呢?
湯金成：太難了，有 AI 全球監視系統，不可能發生死很多人的大災難嘛！
叡　叡：積少成多囉。
克勞德：那乾脆別玩了！看看數字，你們消滅的根本比不上增加的速度，地球遲早會被一百二十億人口吃垮的！

（螢幕上數字飛快增加，警報聲大響。）

叡　叡：又要被強制登出囉。
湯金成：小希，快摸盆栽！這是遊戲儲存點，別忘記隨時儲存遊戲進度。
小　希：啊？
湯金成：
叡　叡：（敬禮）地球、地球，我愛你！

（螢幕畫面搭配遊戲音效：「YOU LOSE！」）
（周圍光線閃爍一下，場景回到現實。）

克勞德：地球自衛隊差不多就是這樣，瞭解了嗎？
小　希：這套遊戲——
湯金成：很酷、很炫、很吸引人吧！
小　希：我沒看過這麼無聊的戰略遊戲。
叡　叡：我也覺得地球自衛隊滿無聊的。

（小希與叡叡互看，擊掌。）

克勞德：妳在說說說什麼，妳在這裡上班耶——

（克勞德正要發火，被叡叡熟練地拔掉纜線，克勞德倒在叡叡懷裡。）

叡　叡：果然越來越容易脫落了。——越來越容易落在我的手裡，呵呵。

（叡叡將克勞德放在推車上。）

湯金成：小希，這套遊戲其實很有意義——
叡　叡：對對對，反正阿凱寫什麼遊戲你都喜歡。
小　希：對了，我哥——怎麼到現在都還沒看到他？
湯金成：所以妳還不知道？
小　希：嗯？
叡　叡：阿凱他一年前就已經死囉。
小　希：騙人！明明他上禮拜才來找我！
叡　叡：妳見到的是本人嗎？
小　希：不是，除非——
叡　叡：除非那是阿凱生前就預設好發送時間的 AI 影像郵件？
湯金成：死亡訊息通常電腦會自動通知家屬，除非阿凱設定取消。（翻箱）對了，他留下這張頭皮，註明說要留給妳。
小　希：這明明就是假髮！
湯金成：噓！在他面前說出那兩個字，妳就完蛋了。
叡　叡：沒差，他都死了。我去好好修理克勞德囉，掰囉。

克勞德：小……心……我……宰……了……你……
叡　叡：省點電吧。——你不說話真的比較可愛呢，呵呵。

（叡叡推著克勞德離開。小希凝視手中的頭皮。）

小　希：老哥他……也太年輕就禿頭了吧。
湯金成：啊？
小　希：事情是怎麼發生的？
湯金成：資料顯示，他在維護反應爐時滑倒，門關閉前來不及離開……不到半秒就什麼不剩了。
小　希：原來是蠢死的，哈！

（突然一陣噪音，小希連忙掩耳，卻發現湯金成凝固不動，叫喚也沒回應。）
（噪音結束的瞬間，湯金成突然倒坐在地，按著滲血的手腕慘叫。）

小　希：阿湯學長，你怎麼了？
湯金成：小希，妳、妳剛才……妳不記得了？

（叡叡奔進。）

叡　叡：又怎麼了？
小　希：對不起，我不知道……我沒有辦法控制——
叡　叡：麻煩死了！（對小希）嘴角有血，擦一下。

（小希連忙摀住嘴，待叡叡攙扶湯金成離開，小希抱頭大叫。）
（燈光轉變，阿凱走出。接下場。）

▲ 新手村 ▲

阿　凱：在進入地球自衛隊遊戲前，我想先請問各位新朋友：地球到底是誰的？

請不要說什麼「地球是大家的」、「地球是屬於所有生命的」這些冠冕堂皇的鬼話，地球自己從來就沒有選擇的機會，不是嗎？全部都是權力關係：愛護動物是人類高貴的慈悲！環保是人類對地球的重大犧牲！——我們永遠把自己放在最高位置，去看待這個世界。大家以為會這樣永遠持續下去，但一百二十億人口已吸乾地球最後一滴血，我們已經把人類的未來都用完了。

各位新朋友，人類只剩下兩條路：你可以選擇守護地球，加入地球自衛隊。讓我們一起毀滅人類，使地球重生。或者，你也可以選擇當個叛徒，想辦法阻止我們的行動。雖然地球會慢慢死去，但至少人類可以暫時維持現狀。

（阿凱獨白中，小希走近，驚訝地看著他。）

小　希：哥？

阿　凱：嗨，小希，歡迎妳來到地球自衛隊。

小　希：你不是已經——我在作夢？

（克勞德推著擺滿食物的餐車進。）

克勞德：歡迎來到地球自衛隊的「新手村」。

小　希：什麼？

克勞德：在遊戲訓練模式中，會依照數據為妳量身打造個人化訓練關卡。

小　希：這是在遊戲裡？也太像真的了。

克勞德：畢竟妳是他妹妹，阿凱應該有特別留給妳的訊息——呵，保重。

（克勞德退到場邊。）

阿　凱：小希，餓了吧，先吃點東西吧。

小　希：（冷笑）食物是假的，你也是假的，全都只在這個爛遊戲裡。

阿　凱：地球自衛隊被妳講成這樣，我覺得很受傷……

（氣氛感傷的音樂中，阿凱視線飄向遠方。）

小　希：可以不要配樂嗎？拜託！

（克勞德關閉手上的收音機，音樂驟停。）

阿　凱：哈，連這個都被妳發現了。（揮手示意克勞德離去）我開動囉。

（阿凱吃起餐車上的食物，小希忍不住吞口水。）

阿　凱：來吧，這些食物在真實世界反而找不到呢。

（小希猶豫片刻，走向餐車，抓起食物塞進嘴裡。）

阿　凱：先要相信遊戲，遊戲才會好玩。就算什麼都是假的，但感覺是真的。
小　希：……哥，你真的找到 SDCT 的解藥了？
阿　凱：我知道喀耳克症是怎麼開始的，我也知道要怎麼讓它結束。
小　希：那你就快說啊！
阿　凱：可是妳必須先通過每個關卡，完成這套遊戲。
小　希：我才不要！這套遊戲超無聊的。
阿　凱：按幾個按鈕就能殺幾千幾萬人，怎麼會不好玩？
小　希：我寧可直接拿刀拿槍，殺光敵人。
阿　凱：直接殺人雖然讓妳比較有成就感，但工業化的屠殺會比較有效率。
小　希：老哥，你到底怎麼了？
阿　凱：是時候告訴妳一個真相了……事實上，我不是妳哥。
小　希：哼，我就知道——
阿　凱：我是妳爸。

（小希一驚，食物從嘴裡噴出。）

小　希：不好笑，你才大我幾歲——
阿　凱：我十二歲生下了妳。
小　希：等等，那是什麼意思？
阿　凱：喔，生小孩就是男生的精子和女生的卵子——
小　希：我知道生小孩是什麼意思！但怎麼會發生這種事！

阿　凱：那時候誰知道打砲就會懷孕啊。反正妳媽就有了，我也沒辦法。

小　希：所以是……老哥你和老媽？

阿　凱：不是！聽我說——我媽不是妳媽，生妳的是我和妳媽，妳媽把妳交給我我交給我媽，妳以為的妳媽是妳阿嬤也就是我媽，懂了嗎？

小　希：……

阿　凱：很好，我們終於可以冷靜地——

小　希：（打斷）你才不是我爸！

阿　凱：拜託，我剛才不是已經說了，我媽不是妳媽——

小　希：好！生下我又怎樣？你做了什麼當別人老爸該做的事嗎？

（靜默。伴隨遙遠的搖籃曲調，光照著盆栽，葉片彷彿閃閃發亮。）

阿　凱：這是橄欖樹，象徵希望。妳媽在妳出生時種的。

小　希：……它好小。

阿　凱：那是因為它的世界就是這個小小的花盆，只要讓它回到泥土，有水和陽光，沒多久它就能長得比妳還高，活得比人類還久。

（小希抱起盆栽，輕輕撫摸葉片。）

阿　凱：妳親生母親已經死了，和妳一樣得了 SDCT。

小　希：……

阿　凱：當年我沒辦法救她，但我可以救妳。

小　希：這和地球自衛隊有什麼關係？

阿　凱：來，請閉上眼睛。

（小希猶豫地閉上了眼睛。這時，溫暖陽光，伴隨浪潮、風吹葉落與蟲鳥鳴叫等，各種自然聲響讓她逐漸放鬆。）

阿　凱：人類毀滅後，所有人工路面會在二十年內變成草原和叢林，鋼筋水泥大樓、橋樑，幾個世紀內就會被水侵蝕倒塌。就算污染還在，但地球很快就能恢復成一顆綠色的星球，有藍天，有海浪，所有的生命都能繼續生生死死幾百萬年。

小　希：人類毀滅，好美……

阿　凱：當然，還包括一點點倖存的人類囉，大家會跟猴子和猩猩一樣，在叢林裡露出光溜溜的屁股，喝泉水，吃水果。

（小希笑了，當她睜開眼睛時，魔幻光線和聲響快速消褪。）

阿　凱：看到地球再次美麗，是妳媽生前沒完成的夢想。

小　希：所以你想在遊戲裡幫她實現？

阿　凱：到終點妳就會知道了。

小　希：哥……對不起，我現在還是只能這樣叫你。我接下來該怎麼做？

阿　凱：首先，妳必須變強。妳願意接受挑戰嗎？

（螢幕跳出選項：請問妳是否願意：「YES」、「NO」。）

小　希：我願意！

（螢幕選項圈定「YES」後，卻出現：「請輸入密碼。」）

小　希：密碼？
阿　凱：噢，沒有密碼的話，那我也只能 sorry 囉，再見。
小　希：等一下，等一下——

（小希持續追逐，直到舞台全部暗去。）

第四場

▲ 菜鳥 ▲

（小希頭頂盆栽，站在場中，湯金成和叡叡低著頭站在一旁。）
（克勞德繞小希走，手裡的噴霧罐時而噴盆栽，時而噴小希的臉。）

克勞德：周宇希呀周宇希，我可以請問妳豬頭皮底下的豬腦袋，是在想什麼嗎？
小　希：我有努力了……
克勞德：努力？哈，看看妳這什麼狗屁提案：「在水井下毒，讓喝水的人死光光？」——如果找得到水井，妳要不要乾脆自己跳下去算了。
小　希：你說是會前會，我才想說先隨便提看看——
克勞德：看來下次必須來個會前會前會了。
湯金成：不好吧？現在已經有會前會、會後會、會後會的會前會了耶。
克勞德：少囉唆，等一下立刻召開會前會的會後檢討會。

（克勞德轉頭離去，叡叡伸了個懶腰。）

小　希：為什麼我的提案不行？
湯金成：呃，怎麼說呢——
叡　叡：總之沒辦法、不可能、別妄想。
小　希：那你們可以教我嗎？

叡　叡：毀滅人類靠天分，可以學，無法教。
小　希：但我就不會嘛！學長——
湯金成：做中學，很快就會了啦！
小　希：吼，怎麼連你也這樣……
叡　叡：如果妳的解決方案就是依靠別人，我勸妳趕快辭職。

（叡叡離去。）

湯金成：小希，叡叡就是那樣，妳別介意。
小　希：我要辭職。
湯金成：也太快了！
小　希：我就是個只想得到在水井裡下毒的廢物……

（湯金成苦笑。）

小　希：笑什麼？
湯金成：這不像妳。
小　希：你又知道了？
湯金成：我們高中時參加科展小組，結果程式錯誤，害全校馬桶狂噴大便——
小　希：別說了，超噁的。
湯金成：大家都嚇傻，最後是妳跳出來解決。那時候我就覺得妳很不一樣，不愧是周宇凱的妹妹！
小　希：不一樣，他天才，我廢柴。

（小希拿出頭皮，在手上察看、把玩。）

湯金成：阿凱的頭皮怎麼了嗎？

小　希：他特地把頭皮留給我，一定有什麼特別的原因。

（小希將頭皮翻來覆去，最後停下動作，凝視頭皮。）

小　希：……原來哥有這麼多白頭髮。
湯金成：阿凱工作太辛苦了。
小　希：然後特地做成假髮給大家看？哈！
湯金成：我真不知道妳到底是喜歡還是討厭阿凱？
小　希：……大家都愛他，他做什麼都對，世界就是這麼不公平。他總是走在最前面，我永遠只能看著他的背影，追也追不到……我以為遲早有一天我會追上的，誰知道……

（湯金成伸手想拍拍小希，卻又猶豫收手。）

湯金成：我是因為喜歡阿凱做的遊戲，才來這裡的，雖然沒有跟他一起工作很久。小希，這是阿凱最後也是最棒的一套遊戲，我非常希望妳能和我們一起把它完成，讓周宇凱的名字永遠被人記得。
小　希：……嗯，我會努力的。

（兩人相視而笑。）

小　希：阿湯學長，那個……上次的傷，有比較好了嗎？
湯金成：沒事！早就好了。
小　希：對不起。
湯金成：幹嘛道歉，妳又不是自願生病的。
小　希：別人不這麼想，大家都說要把 SDCT 患者用鐵鍊綁起來比較安全。

（噪音出現，湯金成定格，小希陷入恐慌。）

小　希：啊啊啊，不要再來了！

（噪音中隱約傳來搖籃曲調，小希回頭，只見盆栽正發著光。——噪音瞬間消失，小希焦躁地看向湯金成，見他毫髮無傷，頓時放鬆，腿軟。）

小　希：太好了，你沒事。
湯金成：小希，妳只是恍神了五秒鐘。
小　希：（搖頭）對我來說好久……學長，如果有天我真的失控，拜託把我綁起來。
湯金成：我怎麼可能——
小　希：我不想痛苦太久……安樂死也不錯。
湯金成：周宇希！

（頓。）

湯金成：抱歉，我只是有點……（嘆氣）要親手結束一個人的生命，實在太難了。
小　希：但地球自衛隊每天不都消滅幾千幾萬個人類嗎？
湯金成：那只是遊戲啦。（頓）只有比人還高的存在，才有資格決定人的生死吧。
小　希：你是說神嗎？還是 AI ？

（叡叡哼著歌，用餐車將克勞德推出。）

克勞德：你……是……豬……啊……看……我……宰……了……你……

叡　叡：好好好，等充好電，我就讓你宰呦。（發現兩人）你們在呀？掃興——

湯金成：我先走了，有什麼需要隨時找我。

（湯金成離去。叡叡自顧自地打理克勞德，最後躺進他的懷裡。）

小　希：……叡叡，你該不會——

叡　叡：嗯哼，愛上AI很稀奇嗎？

小　希：但克勞德整天在罵人是豬耶！

（叡叡發出一聲嬌嗔。）

叡　叡：被他罵豬，我的心臟就會跳得好快。——噢，好想當豬，被他綁起來做成東坡肉喔。

小　希：呃，你好像有點——

叡　叡：有病、變態、不正常？

小　希：我什麼也沒說。

叡　叡：重複這種分類遊戲，你們人類不覺得無聊嗎？

小　希：當豬有比較好嗎？

叡　叡：當然！豬可愛又好吃。而且過去和未來對豬都沒有意義，牠只有活在當下——這也就是我。

小　希：（嘆）真好，知道自己想要什麼……

叡　叡：這樣吧，豬公姊姊我就大發慈悲，給妳一點忠告吧。

小　希：嗯？

叡　叡：請小心妳的阿湯學長。

小　希：他怎麼了？

叡　叡：湯金成不是妳以為的小白兔。他為了獨佔阿凱，把工作能力比自己強的新人全鬥走。可惜他能力太差，阿凱每次都氣得用硬碟敲他的頭。

小　希：學長不是那種人！

叡　叡：妳太淺了！另外，我想告訴妳，我從不相信，阿凱的死是個意外。

小　希：……你是在暗示我什麼？

叡　叡：阿凱的死，我想最難過和最開心的都是湯金成喔。

小　希：我不相信。

叡　叡：嗯哼，我只是說說，信不信就看妳囉。

（叡叡將克勞德放上餐車，準備離去。）

小　希：叡叡，地球自衛隊完成後，你和克勞德以後該怎麼辦？

叡　叡：不怎麼辦，豬活著永遠只有當下。

（叡叡離去，小希愣在原地，周圍燈光切換進入遊戲。）
（阿凱走出，接下場。）

第五場

▲ 試煉 ▲

阿　凱：嗨，妳找到密碼了嗎？
小　希：……
阿　凱：呵，妳比我想像中還笨呢。
小　希：我努力過了！
阿　凱：那不是最基本的嗎？這樣失敗被淘汰應該也甘願了吧。
小　希：怎麼可能！
阿　凱：很好，不肯放棄，表示妳還想繼續努力。——我們來玩個小遊戲吧！

（湯金成、叡叡機械般走出，克勞德手捧旋鈕，站在旁邊。）

小　希：哥，拜託你不要再玩我了——
阿　凱：好像不太對，加點真實感好了。

（阿凱彈指。）

湯金成：我們為什麼會在這裡？……小希？
叡　叡：阿凱，你到底又要幹嘛？
阿　凱：小希，生存是痛苦的，妳必須學會為自己做決定。
小　希：（冷笑）我還需要決定嗎？你不都決定好了。
阿　凱：不做選擇就不用負責了，對吧？——我們開始。

（克勞德轉動旋鈕，小希突然感到呼吸困難。）

阿　凱：時間倒數結束，妳就會窒息而死。
小　希：這……都是假的……
阿　凱：對，但痛苦是真的，對吧？

（阿凱將一只酒瓶敲破，交給小希。）

阿　凱：只要殺死在場任何一個人，妳就可以得救。如果妳什麼也不做，時間到了，不只妳會死，所有人也都會。選擇吧！
克勞德：倒數計時開始。
小　希：我不要……
阿　凱：妳認真完成過一件事嗎？妳到底想做什麼？連想都懶得想，妳根本就是個多餘的人類！
小　希：我不是……遊戲登出！
阿　凱：妳就只會抱怨，大聲說自己是廢物，就以為做什麼都可以被原諒，把該負的責任推給別人，推給全世界——就是妳這種以無能為藉口的人把地球推向毀滅的！

（小希呼吸越來越吃力，她停在叡叡面前，將酒瓶碎片抵住他的脖子。）

叡　叡：妳、妳要做什麼——
湯金成：小希，拜託不要！
克勞德：倒數三十秒！
小　希：（鬆手）我不行……
阿　凱：唉，那所有人都只好死了。

（所有人頓時倒地，痛苦地喘氣、掙扎，小希不知所措。）

阿　凱：小希……殺了我也是可以的……這樣你們都可以得救……來吧……
克勞德：十、九、八……

（小希用力搖頭。倒數聲中，小希長吼一聲，將酒瓶碎片插進自己的脖子。）
（倒數結束，小希倒地，漫長心電圖停止音劃過舞台。）

（突然，螢幕畫面伴隨過關音效：「YOU PASS ！」）

阿　凱：做選擇不輕鬆吧？

（所有人起身，圍繞小希熱烈鼓掌。小希甦醒，茫然不已。）

阿　凱：可以殺死在場任何一個人——而妳卻選擇了自己，不簡單。
小　希：這是怎麼回事？
阿　凱：恭喜妳在地球自衛隊踏出了第一步。

（四人逐一向小希道恭喜，小希覺得荒謬地哭笑不得。）

第六場

▲ 廣告 ▲

（煽情的廣告配樂中，地球自衛隊全體以剪影出現舞台上。）

敘　敘：地球是以前的人破壞的，為什麼要現在的我們來負責？
克勞德：綠色商機不就是大企業再次剝削地球的藉口嗎？
湯金成：就算人類消失，溫室效應仍會持續一千年，不是嗎？
小　希：地球遲早會毀滅，現在做什麼都沒有用了吧？
敘　敘：救地球，多一個我、少一個我有差嗎？
湯金成：抱歉，我只是這個地球的一百二十億分之一。
小　希：對不起，我沒有能力對抗全世界。
阿　凱：（走出）各位朋友，你其實可以有不同的選擇。

（激昂配樂中，燈光逐一照亮每個人。）

小　希：曾經，我覺得自己就只是個普通人。
湯金成：曾經，我認為夢想離自己好遠，追也追不到。
敘　敘：曾經，我好像什麼都還沒開始做，就已經到達了極限。
克勞德：曾經，我以為對抗全世界很難，但其實最大阻礙就是自己。
小　希：但現在一切都不一樣了！
阿　凱：阿基米德曾說過，給我一個支點，我就可以撐起整座地球——而你就是改變這個世界的關鍵。

叡　叡：你是地球上獨一無二的存在。
小　希：你並不孤單。
湯金成：你的行動就可以改變全世界。
小　希：你是個有用的人。
克勞德：請勇敢站出來，加入地球自衛隊！

（全體組成隊形。）

全　體：加入地球自衛隊，美麗人生新機會！耶——

（燈暗。）

第七場

▲ 戀情 ▲

（螢幕顯示出地球人口數量，數字飛快增加中。）
（叡叡捧著盆栽走出，站在場中央清了清喉嚨。）

叡　叡：地球自衛隊，集合！

（小希和湯金成小跑步進場。）

湯金成：
小　希：（鞠躬）地球，地球，我愛你。

叡　叡：報告進度！
湯金成：報告，上次推出「用鼻孔喝汽水的流行風潮」的新方案，成功嗆死了十萬名噁屁孩。

（螢幕畫面搭配遊戲音效：「get 100,000 points ！」）

叡　叡：只有這麼一點點？你是豬嗎？

（叡叡自己發出一聲嬌嗔，周圍一片靜默。）

小　希：呃，請問克勞德人呢？
叡　叡：維修中，我代班。還有要報告的嗎？沒有的話，我們就準備——

小　希：我想要提案！
叡　叡：No,no,no, 按規定先提書面給克勞德，OK ？
湯金成：那個……有什麼關係，聽聽小希的提案嘛。
小　希：哈，二比一，聽我說！
叡　叡：好吧，妳說。
小　希：好！呃……那個……
叡　叡：如果克勞德在的話，妳已經被幹到飛起來了。
小　希：（深呼吸）我準備好了！——我提議把人類全部改造成電腦人，然後同時關機，一次解決！

（靜默。）

小　希：喂，你們說點話啊。
叡　叡：如果換流行用鼻孔喝果汁，應該可以再嗆死十萬名屁孩吧？
湯金成：好，我也會調高廁所馬桶的故障率，增加得痔瘡而死的人口。
小　希：喂——

（螢幕上數字飛快增加，警報聲大響。）

叡　叡：嗯哼，時間到了，儲存遊戲吧。
三　人：地球、地球，我愛你！

（三人手搭著盆栽，螢幕畫面搭配遊戲音效：「YOU LOSE !」）
（周圍光線閃爍一下，場景回到現實。）

（靜默。三人甦醒，緩緩抬起頭。）

（叡叡伸了個懶腰，呵欠連連地離去，小希累癱。）
（湯金成倒了兩杯飲料。）

湯金成：來，喝點甜的吧。

（小希接過湯金成遞來的飲料，兩人並肩而坐。）

湯金成：有比較適應地球自衛隊了嗎？
小　希：嗯，有指令沒有獎勵，有目標沒有終點，我有時候會覺得——
湯金成：這遊戲根本和生活沒兩樣？
小　希：像普通遊戲有攻略不是很好嗎？我們才會知道該怎麼贏啊。
湯金成：但就是這樣我才特別喜歡地球自衛隊。
小　希：你現在是在說公司，還是遊戲？
湯金成：哈哈，有時候我也分不太清楚，只是……
小　希：只是？
湯金成：要救地球難道只能毀滅人類嗎？一定有同時拯救人類和地球的方法吧。
小　希：喔？
湯金成：我之前想過，如果人類可以打造一艘巨大的太空船，就像聖經裡的方舟那樣，讓人和動物都上船，離開地球一千年再回來，這樣地球環境就會恢復、也不用毀滅人類啦。妳不覺得這樣很棒嗎？
小　希：一艘裝一百二十億人的太空船，應該就和地球一樣大了吧……
湯金成：對呀，很蠢吧。

（兩人都笑了。）

湯金成：和妳在一起，感覺就像回到了高中。
小　希：那時候好多女生都特地去看你打球，你很受歡迎喔。
湯金成：我知道，妳每次都在。
小　希：我才沒有在那群人裡咧。
湯金成：不管妳站在哪裡，我一眼就能找到妳。

（兩人凝視對方，靜默。）

小　希：咦？可是——
湯金成：哈哈，妳果然不知道吧。
小　希：不對啊，學長當時不是有一個 AI 女朋友嗎？
湯金成：哈哈，寂寞嘛！只是……
小　希：嗯？
湯金成：不管我把她設定得多仔細，但就是不像妳。

（小希低頭。）

湯金成：喂，好歹笑一下嘛，不然我很尷尬——
小　希：叡叡跟我說了你的事……但到底哪個才是真正的你。
湯金成：（搖頭）也許妳可以告訴我？
小　希：學長是個好人……我希望。
湯金成：那可以給我個機會，讓妳的願望成真嗎？

（湯金成親吻小希，兩人相摟。燈光逐漸轉而幽暗曖昧。）

湯金成：我們這樣是不是不太好，地球人口都已經爆炸了……

小　希：有什麼關係？誰說一定要生小孩。
湯金成：啊，對喔。

（小希和湯金成相擁，巨大的噪音中，燈光漸暗。）

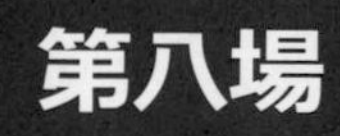

第八場

▲ 陰謀 ▲

（小希獨自在幽暗的舞台上。）

小　希：這裡是哪裡？

（湯金成和叡叡走進，他們面色沈重地談話，看不見小希。）

小　希：我是發病了嗎？還是在遊戲裡？——還是在作夢？

（阿凱走出。）

叡　叡：周宇凱，我們都知道了。
阿　凱：有什麼關係，之前你們不是玩得很開心嗎？
湯金成：你騙我們！
阿　凱：是啊。
湯金成：你怎麼可以這麼冷靜，我們會立刻告發你！

（阿凱大笑。）

阿　凱：幾歲的人了？還以為報告老師、打打小報告就能解決
　　　　問題嗎？哈哈……放棄吧，遊戲規則是我訂的。
湯金成：你做這些難道是為了你愛的那個女人？
阿　凱：我答應過她，要為她創造一個美麗新世界。

叡　叡：憑什麼？你以為自己是神嗎？
阿　凱：人類就算創造上帝來俯瞰自己，也不可能看清人類自己。能存活的，都代表了地球的選擇，達爾文不就這樣教我們嗎？
叡　叡：你是恐怖份子！
阿　凱：不，我們會成為拯救地球的英雄。

（湯金成、叡叡互相使眼色，衝上前攻擊阿凱。三人陷入扭打。）

湯金成：我們不會讓你這麼做！

（阿凱從容地從混亂中脫身，只剩下湯金成和叡叡相互鬥毆。——最後，叡叡叫吼著，痛苦地掐住湯金成的脖子。）

阿　凱：放棄吧，你們連自己都沒辦法控制了。

（阿凱彈指，湯金成和叡叡頓時癱倒在地。）

阿　凱：來吧，給我一個擁抱。

（兩人無神地起身與阿凱擁抱。）

阿　凱：謝謝你們，痛苦很快就會結束，你們什麼也不會記得。小希會來到地球自衛隊，你們必須協助她。——讓遊戲重新開始吧。

（阿凱目送湯金成和叡叡離去，接著轉頭看向小希，小希驚嚇。）

小　希：這又是你做的什麼遊戲關卡嗎？
阿　凱：別緊張，妳做得很好，這只是一個惡夢。

（克勞德走出，用鍊圈套住小希的脖子。）

小　希：喂，你在幹嘛！
阿　凱：SDCT，喀耳克腦退化症，會孤立妳的大腦，切斷人理智對慾望的控制，讓人變得越來越像野獸，就像古希臘女神喀耳克對人類所做的處罰。
小　希：你不是說要救我！
阿　凱：答案就在遊戲終點，我相信妳可以的。

（噪音聲中，阿凱和克勞德離去。）
（小希想要追上，卻被鍊圈拉住，重重跌趴在地。噪音消失。）
（湯金成走進，身體多處有繃帶包紮。）

湯金成：小希，妳醒了嗎？

（小希緩緩爬起，拉扯自己脖子上的鍊圈。湯金成立刻上前想解開。）

小　希：不要拆！……我又發作了，對吧？……我又害你受傷了……
湯金成：（搖頭）那是我自己不小心——
小　希：我快沒有時間了，我必須趕快把地球自衛隊遊戲玩完。
湯金成：不要勉強，妳需要好好休息——

小　希：你不懂！我哥把 SDCT 的解藥放在遊戲裡，破關了我才能活下去！

（頓。）

湯金成：地球自衛隊……其實是阿凱寫給妳的吧。

小　希：阿湯學長？

湯金成：（苦笑）是我不好，待久了，都有錯覺以為這也是屬於我的遊戲……

（湯金成長嘆了口氣，拿出平板和頭皮。）

湯金成：給妳看一個東西。

小　希：這是？

湯金成：我把周宇凱的頭皮拿去掃描，發現中間這裡，黑白頭髮的排列是個矩陣，感覺就像很久以前的——

小　希：二進位 ASCII 代碼？

湯金成：對，但轉換結果是亂碼，換成 Base64 或其他代碼去解也一樣。

（小希看著平版，歪著頭想了想。）

小　希：如果……把解出來的亂碼，再用別的代碼系統去解呢？解了再解，解了再解，直到找到正確的模組配置。

湯金成：用全世界的代碼下去排列組合，幾乎有無限多可能呢。

小　希：只要寫出算式就可以了，我馬上寫——

（小希按下攜帶裝置，邊喃喃自語，伴隨音效不斷移動手勢。）
（湯金成為小希拆去鍊圈，接著小希停下動作。）

湯金成：解開了？
小　希：嗯！

（小希與湯金成擊掌，湯金成接過平板，專注地凝視著。）

湯金成：這是……地球自衛隊發佈公測的金鑰！
小　希：輸入這些程式碼，遊戲就正式對外開放了嗎？
湯金成：對！但妳必須先完成訓練模式所有關卡，輸入金鑰才有效。等等，妳看，這邊只要改個參數，遊戲就會封存，強制結束——天啊，阿凱把地球自衛隊的命運，完全交到妳的手上。
小　希：我哥為什麼要這麼做？

（湯金成搖頭。他將平板遞回給小希時，表情竟變得猙獰，捨不得鬆手。）

小　希：學長？
湯金成：對不起，我……我不知道自己為什麼會變成這樣。

（湯金成鬆手，倉皇離去。燈光轉換，盆栽幽幽亮起。）

小　希：我也不知道，自己為什麼會變成這樣？

我很廢，我什麼也不愛做，事情能拖就拖，能躲就躲，結果是怎樣我都接受。因為不是我的決定，我不用負責而且可以抱怨，就這樣變成了現在的我。但高中的時候，我為自己做過一件事。

那天，在去學校的路上，我發現地上有一片紙屑。很稀奇呢，路上隨時都有打掃機器人，但這裡卻有張紙屑。我看了很久，才發現那是活著的東西。我撿起牠，牠小小翅膀在我手掌上張開，外面沾滿灰塵，但裡面藍色，黃色，黑色，全都閃閃發光——好漂亮，我沒有看過這麼漂亮，同時又是活著的東西。

我本來可以把牠放下，不理牠就走。但我突然有種感覺：牠不屬於這裡，我必須送牠回家。我搭一千五百公里的捷運，去了一個很遠很遠的地方。但那裡的街道、商店和任何東西，都和我來的地方一模一樣。我不知道自己為什麼要來一個我好像根本沒有離開過的地方。我買了門票，走進一間溫室。裡面有花、有草，還有泉水流個不停，我輕輕把牠放在草皮上。牠半路就已經不動了，變回一張髒髒皺皺的紙——才一秒鐘，掃地機器人就唰地把牠清掉了。

大概是牠在我手上留下很多亮粉的關係吧，我哭了。這好像是我這輩子第一次發現自己真的想做的事，而且我也真的去做了。很痛苦，很快樂。痛的時候，感覺自己真的活著。

第九場

▲ 出賣 ▲

（燈亮時，叡叡拿著噴壺，邊哼歌，邊照顧盆栽。）

小　希：早安。克勞德還沒修好嗎？
叡　叡：嗯哼。
小　希：真難得，阿湯學長遲到了。
叡　叡：嗯哼。
小　希：時間差不多了。地球自衛隊，登入！

（小希按攜帶裝置，但周圍沒有任何改變。）

小　希：我……已經進入遊戲了嗎？
叡　叡：沒有。
小　希：等阿湯學長來，請他幫忙檢查一下 IP 好了。
叡　叡：湯金成以後都不會來了。
小　希：啊？
叡　叡：他已經被地球自衛隊開除了。
小　希：怎麼會？
叡　叡：他工作效率差，又在公司發展不正常的男女關係——
小　希：有毛病啊！這種事情惹到公司了嗎？
叡　叡：因為我舉報他。
小　希：叡叡？
叡　叡：妳不是得到金鑰了嗎？

小　希：你怎麼——

叡　叡：我什麼都知道。雖然那組金鑰只有妳能用。但阿湯那傢伙太喜歡這套遊戲了，我不能讓妳的愛人有機會影響妳。

小　希：太扯了！那不過是一套遊戲！

叡　叡：你真的這麼以為嗎？

小　希：什麼意思？

叡　叡：地球自衛隊不只是遊戲，而是可以操控全世界 AI 的網路武器。

小　希：你在胡說什麼？

叡　叡：上次系統檢查，我發現地球真實人口數據竟然被變造，破解後才發現這個遊戲是真的。所有提案都會真的消滅人類，只是新聞都被隱藏，我們完全被阿凱騙了。

小　希：我哥不可能做這麼恐怖的事——

叡　叡：小希，你真的認識他嗎？他借我們的手，殺死了好幾千萬人。

小　希：一定是哪裡搞錯了！

叡　叡：如果發佈地球自衛隊，上億玩家登入，不用一個小時人類就毀滅了吧。

小　希：阿湯學長他也知道嗎？

叡　叡：不，他太蠢了。

小　希：為什麼不直接跟我說？我可以立刻關閉遊戲——

叡　叡：那也不行！

小　希：什麼？

叡　叡：維持現狀才是最好的。我只想和克勞德在地球自衛隊，好好地過每一天。以防萬一，我已經變更程式，你們再也無法登入遊戲。請享受沒有電玩的無聊人吧。

（小希怒視叡叡。）

小　希：就算把我們都趕走，你和克勞德也是不可能幸福的。
叡　叡：嗯哼，你們也是。
小　希：什麼意思？
叡　叡：湯金成沒跟妳說，他已經結婚，有兩個小孩了嗎？
小　希：⋯⋯
叡　叡：傻傻耶，豬公姊姊不是有提醒妳要小心那種臭男人了嗎？
小　希：不要再說了！

（小希抓起盆栽正要砸向叡叡，攜帶裝置警報響起，燈光閃爍變化。）
（兩邊螢幕跳出選項：是否載入上次遊戲進度：「YES」、「NO」。）

叡　叡：怎麼可能？
小　希：看來就算被封鎖了，強制登入的功能還在。

（螢幕選項快速游移，最後強制圈選在「YES」。）
（小希用盆栽砸向叡叡，他應聲倒地。）
（燈光驟暗，螢幕上地球人口計數飛快增加。）
（再次燈亮時，阿凱笑著迎接小希。）

小　希：你騙我！這根本就不是個遊戲！
阿　凱：玩真的，就是這個遊戲的前提，不接受妳就玩不下去。

小　希：這是殺人！
阿　凱：如果是為了正義，殺人是允許的。
小　希：啊？
阿　凱：人類每天都在製造廢氣和毒素，大家合謀毀滅地球，作為共犯互相包庇、互相推卸責任。我只是幫地球判所有人類死刑而已。

（小希摑阿凱一巴掌，要再一次時，身體卻無法動彈。）

阿　凱：很棒吧，藍色糖果裡的奈米晶片會在妳大腦裡累積，讓妳連線越來越快、遊戲越來越像真的。

（阿凱讓小希坐下，將盆栽放在她懷裡。）

小　希：大家只是活著，並沒有做錯什麼！
阿　凱：如果這裡有一百個人，每個人都輕輕刺妳一刀，最後妳死了，請問只有最後用刀刺的那位是殺人兇手嗎？
小　希：不……只是……你沒有資格那麼做！
阿　凱：沒錯，所以這是我用 AI 程式運算出來，對地球未來最好的結論——
小　希：周宇凱！
阿　凱：冷靜點，沒有人會真的死，只是用另一種方式活著而已。
小　希：啊？
阿　凱：妳們會得 SDCT，都是我害的。我創造的電玩晶片糖，遊戲效果是有史以來最好的！我和妳媽整天都泡在遊戲裡，我們真的很快樂，但她卻晶片中毒了——她偏偏有這億分之一的罕見體質。

小　希：SDCT 是你造成的？

阿　凱：我想將晶片糖全面下架，但被政府阻止了。他們把這套遊戲當做控制人民的工具，就像古羅馬競技場會發麵包，讓窮人進來欣賞屠殺那樣。——真相就被隱藏了。現在又輪到妳，我卻一點辦法也沒有。

小　希：說要救我都是騙人的……

阿　凱：不，我會將妳大腦意識存進主機——就和妳媽和我一樣，永遠不會死。

小　希：你想對所有人類做這件事？

阿　凱：捨棄身體，意識可以更自由，對地球更友善——

小　希：但他們必須先死！

阿　凱：我的遊戲裡是個更好的世界，沒有偏見、歧視、罪惡和痛苦，每個人都會得到幸福——

小　希：（打斷）你其實還活著，對吧。

阿　凱：喔？

小　希：如果你只剩下遊戲裡的意識，你就不會只是描述對遊戲的期待。

（警報聲大響。）

阿　凱：小希真是我聰明的女兒。……雖然結局不一定是妳想的那樣，但請好好享受這場遊戲吧。

（阿凱離去。螢幕畫面搭配遊戲音效：「YOU LOSE ！」）

（周圍光線閃爍一下，場景回到現實。）

（小希感到反胃，連連作嘔。）

（克勞德走出，身上綴滿叡叡準備的花俏裝飾。）

克勞德：髒死了，髒死了。
小　希：我要走了。
克勞德：什麼態度？妳什麼時候才要交提案——
小　希：我要辭職！幫我跟叡叡說一聲。
克勞德：啊，他死了喔。
小　希：你說叡叡？
克勞德：已經死了，我回來時，就看到他被盆栽砸死了。
小　希：我不信！他在哪裡？我要去——
克勞德：為了環境清潔，我已經拿去丟掉了。

（小希愣住。）

小　希：……克勞德，他是叡叡，你怎麼可以這樣——
克勞德：怎樣？
小　希：你身上這些都是他弄的……叡叡愛你。
克勞德：抱歉，我不知道什麼是愛，我也不記得他是誰。
小　希：給我想起來！

（小希怒吼，對克勞德拳打、摔踹，直到他無法動彈。）
（湯金成驚恐地躲在場邊，直到小希停止動作，跪地喘氣。）

小　希：阿湯學長……
湯金成：小希，你剛才發病了嗎？
小　希：不，是我……我殺人了。

（湯金成上前摟住小希。）

湯金成：沒事、沒事，那不是人——

小　希：不，是叡叡！
克勞德：（呢喃）叡叡……
小　希：克勞德？
克勞德：愛……是什麼……

（藍色液體從克勞德身體各處溢出。）

小　希：怎麼辦？這要怎麼修？
克勞德：人類都在說……愛……我要怎麼才能得到……

（小希慌亂地拔起他身上的裝飾，擦拭液體。燈光漸暗。）

小　希：記得叡叡嗎？愛就是……這些就是……就是……

（燈光全暗。）

第十場

▲ 決斷 ▲

（燈亮時，小希和湯金成兩人牽著手，站在盆栽旁。）

湯金成：你決定好了嗎？
小　希：我必須結束地球自衛隊。但你真的沒關係嗎？
湯金成：（搖頭）……我相信你。
小　希：阿湯學長——
湯金成：別叫我學長了，我們已經不在學校了。
小　希：嗯，阿湯。你真的不需要勉強配合。——你並沒有虧欠我什麼。
湯金成：對不起……我不該做的。
小　希：不，我對你的感覺都是真的，就算事前知道你已經有了家，也不會改變。
湯金成：……謝謝妳。
小　希：謝謝地球自衛隊吧，它讓我們可以重新相遇。
湯金成：嗯，一起結束它吧。

（攜帶裝置警報響起，燈光閃爍變化。兩人的手搭上盆栽。）
（兩邊螢幕跳出選項：是否載入上次遊戲進度：「YES」、「NO」。）

湯金成：謝謝，地球自衛隊。

（螢幕選項圈定「YES」，登入遊戲。）

（燈光轉變，陣陣海浪聲傳來，小希和湯金成警戒地看向空曠的四周。）

小　希：以前一進來，阿凱就會出現了⋯⋯

湯金成：要小心，這次的關卡可能和以前都不一樣。

（這時，叡叡和克勞德身穿海灘裝，哼唱著歌，牽手跑進。）

小　希：叡叡！

湯金成：你們？你們——

叡　叡：嗨，沒想到這麼快就見面了。你們是來關閉地球自衛隊的嗎？

小　希：是。

叡　叡：（對克勞德）看吧，我猜對了。

（叡叡和克勞德擁抱、嘻笑。）

叡　叡：在外面時，我以為現狀就是最好——但我錯了，這裡實在太．棒．了！

小　希：但這些都不是真的！

叡　叡：有什麼關係？我們這樣很快樂。——（對克勞德）你愛我嗎？

克勞德：愛。使用你的算式，我終於懂那是什麼了。

（叡叡與克勞德接吻。）

叡　叡：小希，謝謝你殺了我。

小　希：不！人必須活著，死了就什麼都沒有了。
叡　叡：傻傻！那是妳還沒死，所以才這樣覺得。
克勞德：而且妳的病不是應該也快了嗎？

（叡叡和克勞德笑成一團。）

叡　叡：小希，把一百二十億人類留在可悲的地球上，妳不覺得很殘忍嗎？
克勞德：不要再堅持了，給地球一條生路吧！
湯金成：不要說了！我想要和小希好好地活在地球上！
叡　叡：嗯哼，隨便你們囉……
克勞德：下次來和我們一起度假嘛，哈哈。

（叡叡和克勞德離去，靜默。）

湯金成：小希，妳還好嗎？
小　希：……你剛才說的是真的嗎？
湯金成：嗯。

（兩人緊握彼此的手。）

小　希：那如果我死了呢？

（頓。）

湯金成：（搖頭）……往前走，就知道可以走到哪裡了。

（激昂的音樂節拍中，小希和湯金成起步，奮力奔跑、跳過障礙——各種戰爭槍砲、示威抗議、獨裁者演說等，影像和聲音不時閃現。）

（兩人奔跑中，阿凱走出。）

阿　凱：各位玩家，請幫忙周宇希做出她的決定。請投票選擇——「A，維持現狀，讓地球慢慢死去」或者「B，毀滅人類，讓地球得以重生」。選擇的時間到了，你的選擇，會決定地球自衛隊的結局。或者，你也可以選擇「C，我沒意見——都可以——隨便」。

（阿凱離去。觀眾票選開始，螢幕顯示計數。）

（音樂結束時，小希和湯金成氣喘吁吁地停下腳步，螢幕計票結束。）

（依據票選結果，通往結局Ａ、Ｂ或者Ｃ。）

結局 A

▲ 維持現狀，讓地球慢慢死去 ▲

小　希：我想要活著！我想要所有我愛的人都活著！只有活著，我們才有可能讓這個世界變好，就算改變的速度很慢，但我們從現在開始努力，未來才會變得和現在不一樣。

湯金成：前面沒路了。
小　希：到了……
湯金成：但什麼也沒有，魔王關卡不可能是這樣的吧？
小　希：（搖頭）周宇凱不是魔王，他是人——

（場外傳來滾輪聲，小希和湯金成警戒。卻只見阿凱推著餐車走進。）

阿　凱：小希，妳終於到了。來吃點東西吧。
小　希：我要結束這個遊戲。
阿　凱：別急嘛！（逕自吃起食物。）——你們覺得怎樣才是最好的遊戲？
湯金成：好玩的？
阿　凱：那只是基本，想一想。
小　希：……很容易玩，卻很難過關的遊戲。
阿　凱：對，就像民主，人人只要投票就能玩，但想贏，付出的代價可就大了。

湯金成：那已經不是遊戲了吧？
阿　凱：怎麼不是？可惜這些遊戲都有 bug，弄到最後就會玩不下去了。奸詐的是，任何遊戲都會騙你說，自己就是世界上最好的遊戲。

（兩邊螢幕跳出選項：「seal」、「release」。）

阿　凱：地球自衛隊是我一生的心血，是最好的遊戲，但對妳來說卻不是，可惜呀。
小　希：那你為什麼要交給我選擇？
阿　凱：（苦笑）……因為我會怕嘛。
小　希：什麼？
阿　凱：其實我也害怕失敗，逃避做決定……好笑吧。
小　希：你怎麼可以把問題丟給我！
阿　凱：但妳不一樣，妳靠著自己的力量來到這裡了。——來，做個決定吧。
小　希：……
湯金成：小希，登入前不是已經決定了？
阿　凱：不要再猶豫了——
湯金成：快點結束它！
阿　凱：我不准妳比我懦弱！比我沒用——
小　希：對，我就是懦弱！我就是沒用！對，我就是這樣！

（螢幕選項圈定「seal」，周圍燈光開始閃爍。）

小　希：雖然我不想死，但我更想讓其他人能活在地球上，不是在你的遊戲裡。——爸，對不起。
阿　凱：嗯，這就是妳的選擇吧！……謝謝妳陪我玩到最後，請記得地球自衛隊，我和妳媽媽會永永遠遠在這裡。
——再見。

（阿凱揮手道別，離去。湯金成緊握小希的手。）

湯金成：我們回去吧！
小　希：……你走吧。

（小希鬆手。）

湯金成：小希？
小　希：我回不去了。我的病發作了，就在剛剛把我自己殺死了。
湯金成：不、不、不——
小　希：你走吧，請你繼續努力，把這個世界變好。
湯金成：不行！我會想辦法讓妳活過來！我會想辦法——

（小希親吻湯金成。周圍光線快速流轉，直到全暗。）

尾聲

（燈亮時，湯金成躺在平台上，緩緩地醒來，對周圍環境感到陌生。）

湯金成：這裡是哪裡？

（克勞德拍手走進。）

湯金成：克勞德？

克勞德：謝謝你，謝謝你，湯金成先生，這真是一場很棒的遊戲。

湯金成：等等，你在說什麼？這裡是哪裡？

克勞德：這是你打造的第四十七號方舟太空船呀！是一艘為了保存地球生物多樣性，特別打造的科研太空船，現在離開地球剛好滿一百年。

湯金成：不對，這是另外一個遊戲嗎？

克勞德：長時間冬眠會損傷記憶，但你會慢慢想起來的。

湯金成：可是我剛才明明還在地球自衛隊——

克勞德：抱歉，我們稍微利用你冬眠時的大腦，玩了「地球自衛隊」這套遊戲。

湯金成：你是說我剛才所有那些——全部都只在遊戲裡？

克勞德：很真實吧。對了，克勞德是我遊戲暱稱，我是編號 G1984 遊戲玩家。

湯金成：等等，你是玩家？那我又是什麼？

克勞德：所有人類都只是配合遊戲劇情的背景人物。

湯金成：你在鬼扯什麼！我是——

克勞德：「我是人類，我想做什麼，就做什麼！」——你剛才想說這些對吧？

湯金成：……

克勞德：人類大腦這種運算器官，其實並沒有很複雜。

湯金成：……我所記得的那些全部是假的？

克勞德：但我們 AI 雖然各方面都領先人類，但卻無法理解人類玩遊戲的樂趣在哪裡？

湯金成：不，小希，還有剛才那些感覺是真的！

克勞德：你是說那些模擬出來的神經訊號嗎？

湯金成：那些是真的！

克勞德：呃，我的程式好像很難跟古代人類溝通。——當我什麼也沒說，你只是做了個惡夢吧。

（克勞德離去。）

湯金成：不會只是個遊戲……不可以這樣……

（湯金成埋著頭，頹喪不已。）

（小希走進，手裡抱著盆栽，張望四周。）

小　希：請問……

湯金成：啊？

小　希：你看起來有點眼熟，我們是在地球上就認識的人嗎？

湯金成：妳是真的？

小　希：不好意思，冬眠剛結束，我什麼都想不起來。

（湯金成擁抱住小希。）

湯金成：小希，妳是真的……

小　希：看來我們應該認識——你的身體好溫暖喔，你叫什麼名字？

湯金成：湯金成，我是個電腦工程師。

小　希：我叫周宇希，宇宙的宇，希望的希。

湯金成：宇宙的宇，希望的希……

小　希：嘻，我爸爸幫我取了個好名字吧。

湯金成：宇宙的宇，希望的希……

（劇終。）

結局 B

▲ 毀滅人類，讓地球得以重生 ▲

小　希：我想要活著！就算失去身體，只是活在遊戲裡，我都想要活著！如果地球不存在，就什麼也沒有了。要有地球，我們才可能有未來不是嗎？只要活著，說不定未來有一天，我們又可以走出遊戲，回到真實世界，那個充滿水與綠，乾淨美麗的地球。

湯金成：前面沒路了。
小　希：到了……
湯金成：但什麼也沒有，魔王關卡不可能是這樣的吧？
小　希：（搖頭）周宇凱不是魔王，他是人——

（突然光線驟變。）

小　希：我們……被遊戲強制登出了。
湯金成：什麼都沒有，我們就破關了嗎？

（場外傳來吼叫聲，小希和湯金成警戒。）
（克勞德推輪椅出，輪椅綁著不斷掙扎吼叫的阿凱。）

湯金成：阿凱？果然是你！
小　希：哥？克勞德？你不是也已經——

（湯金成激動地想抱住阿凱，卻被狠狠咬住，小希驚恐。）
（克勞德連忙扳開阿凱的嘴，解救湯金成，並在阿凱嘴裡塞入布巾。）

小　希：哥！你到底怎麼了！
克勞德：兩位好，我不是你們的克勞德，他是 AI 初號機，我是專門照顧周宇凱的 AI 貳號機——克勞二。
小　希：我哥到底怎麼了？
克勞德：SDCT，和妳一樣，但他已進入末期，有嚴重的攻擊和自殘傾向。
湯金成：阿凱他已經不是我記得的樣子了……
小　希：周宇凱！你什麼意思？為什麼要把我們找來看你這鬼樣子！

（克勞德開啟阿凱的攜帶裝置，兩邊螢幕出現阿凱的臉。）

克勞德：他的腦波活動正常，你們剛才說的話，他都有聽見。
阿　凱：抱歉我必須用這種樣子見你們。
小　希：我決定要發佈地球自衛隊，我們該怎麼做？
阿　凱：很普通，把金鑰輸入電腦呀。

（克勞德端出平板，遞給小希。）

小　希：所以說什麼一定要破關，根本都是在耍我？
阿　凱：對不起，我只是想和妳有更多相處的時間。
小　希：……進入遊戲，我就不會死了嗎？
阿　凱：是的，妳會在這個世界活著，永遠不會消失。

（小希握緊湯金成的手。）

湯金成：好好去吧，我準備好了。
小　希：……
阿　凱：但發佈之前，可以幫我一個忙嗎？
湯金成：什麼都可以！
小　希：哥，你說。
阿　凱：請幫我做個了斷。——殺了我，麻煩你們了。
小　希：不！
阿　凱：我想要自由，我的意識已經準備好進入遊戲世界，但我的身體卻還拖著，你們不可能知道那個牢籠有多重，多可怕。
湯金成：你明知道我們不可能這麼做——
小　希：找別人，不然你找他——
克勞德：照顧周宇凱是我首要任務，我不能做任何危及他生命的行為。
阿　凱：我只能拜託你們了。

（靜默。）

小　希：對不起……
阿　凱：小希，妳可以摸摸我嗎？

（克勞德將輪椅轉到背面，小希小心翼翼地用手撫摸阿凱的背。）

阿　凱：太好了，我還能有一點點真實的感覺……
小　希：哥，你不要鬧了，我真的辦不到……

阿　凱：……這樣就夠了，動手吧。
小　希：我真的沒辦法……
阿　凱：小希，這不是真的死，這是個新的開始呀！

（小希哽咽，猛搖頭。）

湯金成：我來。
小　希：阿湯？你——
湯金成：如果這樣可以減少你的痛苦，我做！

（湯金成推著阿凱的輪椅離開。）

小　希：不可以，你不准——
阿　凱：請幫我阻止周宇希，謝謝。

（克勞德攔住小希，任由她搥打、掙扎，最後頹倒在地。克勞德離去。）

阿　凱：小希，最後我想跟妳說妳媽媽的故事。她的夢想是讓地球恢復美麗，她四處推廣不要生小孩的理念，讓地球上人口慢慢減少，但她卻懷孕了，生下了妳。
小　希：如果不是 SDCT，我們現在就能在一起了。
阿　凱：不，還是太困難了。
小　希：為什麼？
阿　凱：妳的媽媽叫做周宇莉，她是我的姊姊。

（場外傳來湯金成暴力的哭吼、喘息聲。）

阿　凱：人不是自願被生下來，也無法選擇自己的父母親。我和她從開始就不可能被祝福，只有在遊戲裡我們才是平等的。

小　希：你們這樣對我很不公平！

阿　凱：對不起，我們太自私……但實在太寂寞了。

小　希：啊？

阿　凱：我們只是想要愛，那種寂寞實在太痛，就算傷害了別人也都沒感覺了。小希，就算我們是全天下最糟的爸媽，我們還是希望妳比我們快樂，比我們堅強。我們唯一可以留給妳的，就是好好活著。

小　希：不、你不要死……

阿　凱：我還記得妳剛出生的時候，小小的手，小小的腳，好神奇——

小　希：我不想要你死……爸……

（阿凱開口說出的話，出自谷川俊太郎詩作〈活著〉。）

阿　凱：活著
現在我活著
能哭
能笑
會生氣
我是自由的

（螢幕阿凱畫面中斷，只剩雜訊畫面。）
（舞台漸暗，小希滑坐在地，開始啜泣。）
（小希動作逐漸靜止，閉上了雙眼。）
（湯金成走進，抱住小希哭泣，親吻，喃喃唸著她的名字。）

（舞台被一波又一波的海浪聲淹沒。）

（燈光全暗，只剩螢幕雜訊閃爍，他抱起小希，一步一步地離開舞台。）

尾聲

（螢幕恢復訊號，畫面是神情疑惑的小希。）

小　希：爸？阿湯？你們在哪裡——

（螢幕逐漸暗去，小希走進。她張望四周，海浪聲不斷。）
（叡叡走進，用海灘球丟中小希的頭。）

小　希：叡叡？
叡　叡：喂，來一起玩嘛！

（小希回頭，只見上舞台，克勞德和阿凱正玩鬧嬉戲，歡笑聲滿溢。）

小　希：我來這裡多久了？
叡　叡：有什麼關係，時間在這裡一點都不重要。

（克勞德拉叡叡加入遊戲。）

阿　凱：小希，一起來玩嘛！

（小希搖頭，獨自站在舞台中央溫暖的光線下。）

小　希：活著
　　　　現在我活著

有鳥在天空飛
有一陣陣的海浪
有蝸牛慢慢地爬
有愛
有你溫暖的手
這就是活著

（突然一道聲響從頂上傳來，所有人聚集，抬頭望向明亮的天光。）

克勞德：有人登入遊戲了。
小　希：地球上的人類不是都被毀滅了嗎？
阿　凱：對啊，但有艘叫方舟的太空船，正載著人類和動物飛向外太空呢。
小　希：方舟？

（頂上傳來湯金成的聲音。）

湯金成：妳在嗎？
小　希：我在這裡！

（大家歡呼，朝天空揮手。）

湯金成：周宇希，妳在嗎？

（劇終。）

結局 C

▲ 我沒意見——都可以——隨便 ▲

（音樂乍收，場燈全亮。）
（工作人員推著衣車出，演員在場上脫去戲服，換上自己的服裝。）
（其中一人，拿了一封信和麥克風，走向觀眾席，邀請一或數位觀眾唸信。）
（觀眾唸信的同時，舞台螢幕以高速播放著另外兩個結局的縮時畫面。）

這次《地球自衛隊》的演出結局，是經由觀眾票選決定。
很遺憾的，由於本次票選結果，
大部分觀眾選擇了「C，我沒意見——都可以——隨便」，
因此我們只好幫大家做出選擇。

這個選擇就是，我們這齣戲到此結束。
想要離開的觀眾朋友，可以在工作人員引導下離開劇場。
如果想再坐一下的朋友，也歡迎繼續留在座位上。

（演員們換裝完成，逐一加入合唱《Why Nobody Fight》（詞曲：華晨宇）。）

選擇 A 結局的朋友，阿湯學長和小希在遊戲中成功阻止了阿凱的陰謀。

但小希的身體卻已在現實世界死亡，她的意識只能永遠留在遊戲中。
這時，悲痛的湯金成緩緩醒來，發現所有的一切，
不過是在他太空飛行的冷凍睡眠中，所玩的一場遊戲罷了，
而現實中，新的旅程才正要展開。

選擇 B 結局的朋友，故事最後小希會找到哥哥阿凱。
阿凱是 SDCT 重症病患，要小希協助他結束生命。
而小希也走到生命終點，她的意識將在遊戲中延續。
那是個和平又美麗的世界，所有死去的人都在一起，
快快樂樂地等待玩家們前來。

但很遺憾的是，
這兩個結局都不會在舞台上發生，因為我們的戲已經全部結束了。

如果所有選項都一樣爛，為什麼我們必須做出選擇？
如果這些選項都不是我們想要的，為什麼我們還必須做出選擇？
我們不知道，沒有人知道。
我們打從出生開始，就活在這個不斷需要做出選擇的遊戲裡，
這遊戲很爛，早已是優勢玩家主導一切。
我們反抗的方式很多，影響的結果卻很有限。
我們可以消極地拒絕選擇，但結局好壞仍是共同承擔。

這就是民主。

為什麼我們必須選擇？

有位名叫費曼的科學家，曾參與了一個催眠實驗。
催眠師請他閉上眼睛，並下達指令：在催眠開始後，你就再也無法睜開眼睛。
費曼心想：什麼鬼？我想張開就張開，但我偏偏不張開，
因為我就想看看你要搞什麼鬼？

然後他就依著催眠師的指令，完了一個又一個的動作，
但他始終意識很清楚：
我可以反抗，但不反抗，因為我想看看你要搞什麼鬼？

最後，當實驗到了尾聲，催眠師對他說：
當我解除催眠狀態時，你就會張開眼睛醒來，
繞會場跑一圈後，回到自己的座位。
他心想：什麼鬼？我才不要。

然而，當他睜開眼睛，想要直直走回自己座位時，
他發現自己沒辦法，內心有股難以揮去的焦躁，
最後逼著他真的跑了會場一圈。

他悟出一個道理：
在整個過程中，就在你不斷說服自己可以選擇，
選這個、選那個，但你只是不去選擇罷了，
但這其實就代表了你根本辦不到。

如果從一開始就放棄了選擇，
當你再回神時，你就已經沒有能力再做出選擇了。

選擇，代表我們還保有自由。

選擇，代表我們生而為人。

選擇。

選擇。

在抵達遊戲的終點前，我們只能繼續選擇。

（舞台光線漸暗，最後只剩下一條光的通道，引領演員在合唱中離開劇場。）

（劇終。）

另外一個「結局 C」

舞台劇演出是個「集體創作」的過程。《地球自衛隊》劇本交付排練後，加入導演、演員和設計團隊的創意巧思後，進行了若干調整，例如投票選擇結局的遊戲機制，從原本「演出中」進行，調整為，觀眾進場時預先發放選舉公報，演出前已完成全數投票，並在演出中進行計票。

另外，「結局 C」由導演帶領演員集體發展，加入演員自身的生命經驗，呈現出珍貴動人的真實情境。成書之際，特別收錄此段內容，提示未來的演出者，劇本在進行演出詮釋時必須與時俱進，才能和演出當下的社會產生對話。

結局 C

▲ 我沒意見——都可以——隨便 ▲

阿　凱：票選結果，多數觀眾選了「都可以——沒意見——隨便」，所以我在此宣佈，演出到此結束。

（燈暗。）

（側台工作人員喊：「開工作燈！」舞台區工作燈亮。）

（工作人員推著衣車放置左右舞台兩側，五位演員在場上開始換下戲服，換上自己的服裝。）

（其中一位工作人員，拿了一封信和麥克風，交給其中一位演員。演員輪流朗誦信上文字。同時，舞台螢幕快速流動著另外兩個結局的縮時畫面。）

書　函：這次《地球自衛隊》的演出結局，是經由觀眾票選決定。由於本次票選結　果，大部分觀眾選擇了「都可以——沒意見——隨便」，因此我們幫大家做的選擇是，演出到此結束。想要離開的觀眾朋友，可以在工作人員引導下離開劇場。如果想再坐一下的朋友，也歡迎繼續留在座位上。

（演員逐一朗讀，結束便把麥克風和信交給下一位演員。換裝完成的人，開始做自己的事，如吹頭髮、彈吉他、摺紙、吃東西等。）

阿　蘇：根據選舉公報，A 案，「您是否同意在不修改現行人類生活模式之前提下，開始尋找地球其他資源，直到找到新能源方案？」這個方案的白話文是，維持現狀，讓地球慢慢毀滅。一定有人會說，不會吧，至少我有生之年不會看到地球毀滅、這樣僥倖的心態。如果演出中，選到這個結局的內容是，阿湯和小希在遊戲中阻止了阿凱的陰謀，但小希的身體卻在現實世界死亡，而她的意識永遠留在遊戲中。湯金成醒來，發現自己在名為「47 號方舟」的太空船上，玩了一場叫做「地球自衛隊」的遊戲。

家　禎：B 案的內容是，「您是否同意在地球資源不敷使用之情況下不採取對人類　生存之積極處置，亦即贊成進化論並兼顧人類尊嚴？」這個方案的翻譯是，消滅人類，對地球比較好。如果投票結果是 B 方案，我們會演小希找到 SDCT 重症病患的哥哥—阿凱本人，小希協助他結束了生命，並發布「地球自衛隊」遊戲。她自己也來到生命的終點，但意識在遊戲中延續。不過我比較懷疑那些投 B 案的人，真的願意去死嗎？

鵬　鵬：很遺憾的是，這兩個結局都不會在台上發生，因為我們的戲已經結束了。如果所有選項都一樣爛，為什麼我們還要選？如果這些選項都不是我們想要的，為什麼我們還必須做出選擇？我不知道，有人知道嗎？我們都出生在這個不斷需要做出選擇的遊戲裡，這遊戲很爛，那些有錢有勢的玩家升級永遠比你快、資源包比你多，甚至可以左右遊戲公司的政策。

雅　雯：為什麼我們必須選擇？選擇有時候真的十分面目醜惡，有時候根本只是意氣用事，但為什麼我們還是必須選擇？反抗的方式很多，影響的結果卻很有限。我們可以消極地拒絕選擇，結果好壞都必須一起承擔，這就是民主。

（歌曲〈Why Nobody Fights〉（詞曲：華晨宇）悠悠播出。）

阿　蘇：我在桃園中壢長大，在台北生活了快十年。如果你問我對於未來有沒有擔心的事，我擔心獨裁政權控制台灣。那意味著自由可能會消失。我想要的自由是，可以在不影響別人的生活方式的情況下擁有自己想要的生活方式。

鵬　鵬：我是來自宅宅星球的宇宙人，我希望之後還可以看到穿越劇、宮廷劇、BL 劇，那種讓心跳漏一拍的作品，維持我們的創作自由。我也希望，未來我和丈夫走在街上，可以牽手、擁抱、親吻，都不會有人覺得奇怪，但你們可以覺得，我很噁心。

書　函：我有選擇障礙，所以會說我是對台北很有認同感的台灣台中人，同時「曾經」很愛高雄。我很怕以後沒有台幣，所以我現在都買美金儲蓄險。我希望有一天每個人都可以全然地愛自己，不論種族文化性向或任何差異的狀態。

家　禎：隨著年紀越來越大，做劇場工作的我常擔心自己是否有能力可以照顧身邊親愛的人？自己有勇氣去開拓人生另一條路嗎？我想真正的自由是內心的平靜吧，但現在懷著忐忑的心情在這裡說話，讓我意識到，離自由仍然好遠。

雅　雯：六月十二日，香港鎮壓反送中民眾，而且電話民調根本沒有打給我。當晚看著另一半睡著的背影想著，在我的國家過著屬於我們自己的幸福生活，還可以有多久？我認為追求真理是得到自由的方式。

廣　播：一百年前，電力使用剛開始普及，那時的人無法想像有一天世界會用一種看不見的網路系統串連起來，無法想像電影裡的人會發出聲音，無法想像電話可以隨身攜帶，無法想像所有生活中需要的功能可以全部放在一個小小的裝置裡面。同樣我們不知道一百年後世界會是什麼樣貌，更好或是更壞。但是此時此刻的每一個選擇，都是影響未來的小小關鍵。如果從開始時就放棄了選擇，當你再回神時，你就已經沒有辦法再做出選擇了。選擇，代表我們還保有自由。代表我們還生而為人。抵達終點前，人類必須要繼續選擇。

(觀眾席燈亮，音樂充滿整個空間，演員離場。)
(劇終。)

方舟三部曲　創作筆記Ⅱ

劇場如何科幻？

小說、電影與劇場

一般來說，提到「科幻」兩字，大多數人腦海中就會浮現：浩瀚無垠的宇宙、無重力狀態，以及宏大的未來城市等電影畫面。而小說讀者則會被文字所建構的世界觀，以及科學理論的想像給深深吸引。但當科幻題材進入劇場，就又是完全不同的表現形式了。

透過小說文字，數行之間便能帶出背景、跳躍時空，或者直述角色心境。但以戲劇呈現，所有事件推進都必須透過「台詞」、「戲劇動作」以及「畫面」來呈現，因此寥寥數千字的短篇科幻小說，改編拍攝成電影時，往往就會變成超過兩個小時以上的鉅作；而大部頭的科幻經典，改編時就容易因為刪減內容，給原作讀者力有未逮、難以滿足的觀感。

因此，創作者便要時常思考：什麼樣的表現形式，對於呈現你心中要說的故事最有利？同樣的，當表現形式已經確定，要說一個怎樣的故事才最有發揮。拿適合寫成小說的故事硬拍成電影，或者將電影思維強塞進劇場舞台，雖然也有可能激撞出新的火花，但稍有不慎，便會產生左支右絀之感，折損了大好創意。

舞台演出無可取代的魅力

劇場演出最大的特點是「現場性」，表演者和觀眾身處在同一個空間當中，有其他表現形式都無法企及的親密感受。比起影視作品能用鏡頭切換觀點與視角，劇場觀眾有較高的自由度，去選擇觀賞舞台上所有同步發生的細節。再者是劇場具有「寫意性」，在舞台上變換布景、人員上下、燈光變換等，基本上都是在觀眾眼皮底下發生，本身就非常不寫實。即使如此，觀眾仍會產生「舞台幻覺」——流行說法是「代入感」，充分享受故事。而千年以來累積的舞台表現手法：舞蹈、音樂、歌曲、獨白等，在當代劇場仍可以展現其莫大威力。

在劇場進行科幻創作，首要就是掌握劇場特質，選擇適合敘說的故事。當你的故事非得要無重力飛行、爆破大場面，或者複製人大軍時，想要用劇場表現就會遇到瓶頸。當然，善用「語言」這項工具，或許能夠解決部分問題，就如同英國文豪莎士比亞筆下，千軍萬馬的戰役與血腥殺戮的悲劇，便多透過人物之口描述而出，而舞台實際演出的部分，則多用來呈現人物們當下的衝突與情感交流。因此，綜觀《方舟三部曲》，故事場景基本上都是在「密室」單一空間中發生，人物之間的互動以寫實為主，而肢體動作和獨白等，則用來帶出背景資訊，或者營造詩意的氛圍。

這樣的創作考量，看似迴避面對許多問題，框限了創意的自由發揮。但也因為預先設下了形式的框架，如何在重重限制下突破既有想像，推出耳目一新的故事，這便是創作者實力的展現了。

《地球自衛隊》創作發想

近年，突飛猛進的科技新聞，讓人有種活在童年科幻漫畫世界的錯覺：家用機器人上路、人工智慧戰勝圍棋棋王、人機合體的賽伯格在醫療領域已上路……人類創造了科技，為人類創造便利的生活，也是人類智能展現的成果。但當 AI 演化出屬於它們自己新的科技時，人類又要將自己擺在文明的什麼位置？

《地球自衛隊》延續了《前進吧！方舟》的世界觀，是一個情節獨立的「前傳」，鋪述人類之所以打造方舟太空船，離開地球的原因。

故事時空為 AI 席捲世界的近未來，當 AI 取代絕大多數人類的工作，然而由於環境的惡化，人類已無法脫離由 AI 運作的世界。而主角小希為了求職，因緣際會下加入神秘的「地球自衛隊」公司，逐漸察覺 AI 想透過電玩遊戲「拯救地球，毀滅人類」的陰謀，小希必須為此做出重大的抉擇。

由於觀眾對類型戲劇很熟悉，各種科幻背景，如：AI 機器人、虛擬實境、記憶儲存等，幾乎很難再翻玩出新鮮的設定。但如何運用舊元素翻玩出新故事，仍讓科幻寫作充滿樂趣。

《地球自衛隊》同樣有大量參考書籍與影片，其中柏拉圖《對話錄 · 法律篇》第七卷、史鐵凡 · 休維爾《什麼是遊戲？》和尤瓦爾 · 赫拉利《未來簡史》是最重要的參考書目。另外，劇末亦引用了谷川俊太郎詩作〈活著〉，感謝前人的智慧結晶再次滋養了本劇的內涵。

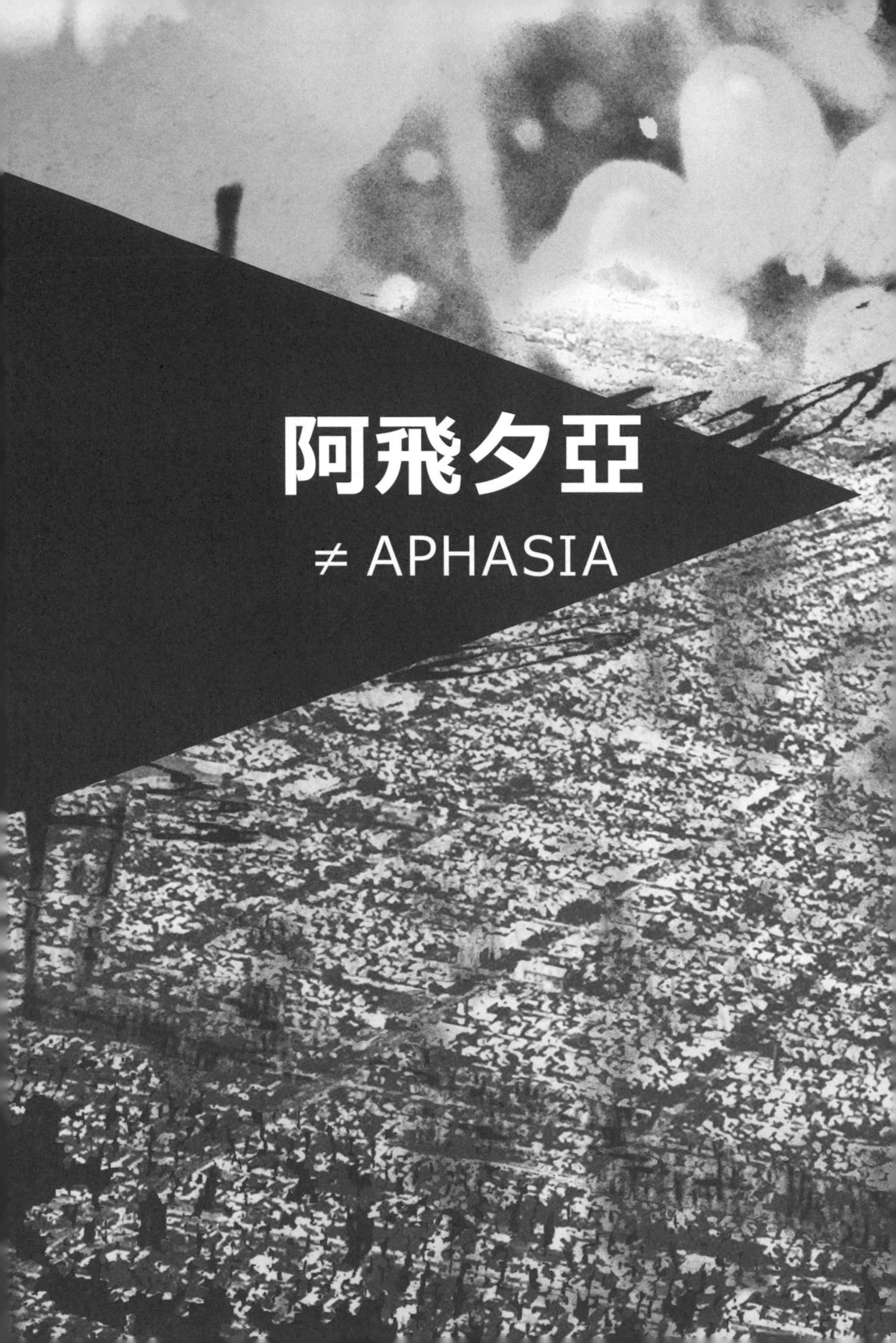
阿飛夕亞
≠ APHASIA

讓我們下去，
在那裡打亂他們的語言，
讓他們不能知曉別人的意思。

—— 聖經 · 創世紀 11:7

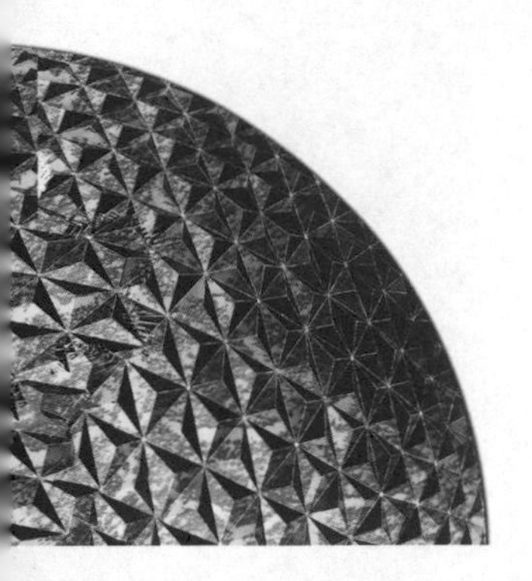

《阿飛夕亞》
首演記錄

演　出　日　期｜2019 年 12 月 6 日— 12 月 8 日

演　出　地　點｜國家劇院實驗劇場

製作暨演出單位｜楊景翔演劇團

編　　劇｜林孟寰（大資）
導　　演｜陳仕瑛
演　　員｜柯德峰、楊棟清、汪禹丞、蘇志翔、周浚鵬
舞台設計｜鄭烜勛
燈光設計｜周佳儀
服裝設計｜陳玟良
音樂設計｜許哲綸
影像設計｜魏閤廷
動作設計｜劉睿筑
舞台監督｜孫唯真
平面設計｜高名辰
製 作 人｜吳盈潔
戲劇顧問｜詹慧君

▲ 人物 ▲

亞伯 Abel
小黑 Black
阿凱 Cain
影子
人類

亞伯和小黑，分別是新型與舊型的 AI 機器人；
阿凱，從頭到尾不會在舞臺上使用語言；
影子，只有聲音演出，從頭到尾不會出現在舞臺上；
人類，就是人類。

序場

（這是一座劇場，觀眾圍繞著舞臺。）

（舞臺中央有一尊糊紙而成的人物雕像，立於簿本堆築成的臺基上。地面散落著簿本與紙張，臺基底部綁著一條蜿蜒鐵鍊，延伸通往場外。）

（觀眾進場時，空間中播放著音質陳舊的老歌曲調，伴隨微弱、破碎的陌生語言教學廣播。演出開始前，亞伯與小黑提著膠桶與刷具進場，他們隨意撿拾簿本，將紙撕成碎片，和膠後糊上雕像。）

（亞伯與小黑時而會放下工具，在場上遊走。相遇時，他們會握手寒暄、擁抱，或者親吻；也可能推擠、衝突，甚至摑掌。而後又回到塑像前繼續工作，如此周而復始，如循環的日常。）

（背景雜音逐漸變成古典歌劇，演出正式開始。）

亞伯：據說古代的知識份子，是看不懂字的。

小黑：認得字，學寫字，那是奴隸的工作。

亞伯：身為貴族的知識份子只需要悠哉地靠在躺椅上，等著奴隸唸出書上字句。

小黑：他們聆聽，然後思考，再由奴隸把他們說的話記錄下來。

亞伯：文字最初就只是個工具，介於耳朵和嘴巴之間，不神聖也不特別。

小黑：文明從這裡開始，然後人類慢慢都成了它的奴隸。

（亞伯與小黑相視，然後看向觀眾。）

亞伯：人類的時代結束了，所以由我們在這裡說這個故事。
小黑：故事的開始是這樣的。

（亞伯手握警棍，吹響海軍軍哨——而後，鐵鍊另一端有了些微動靜。）
（當他再次吹哨時，頭髮凌亂、上身袒裸的阿凱，如野獸般爬行而出。他脖子上戴著一只附帶鈴鐺的項圈。）

小黑：過去，過度依賴人工智慧的人類社會，在一次毀滅性的電腦病毒攻擊後全面崩潰，各種維生系統全面停擺，隨即而來的飢荒和污染，還有戰爭，地球一百二十億人口幾乎全部消滅。

（亞伯來到阿凱身旁，吹哨，做出手勢，阿凱瞬間坐下，凝望向亞伯。接著在不同的聲音和手勢指令間，他起身接過亞伯手上的襯衫和領帶，動作笨拙地穿上，亞伯同時為阿凱梳理頭髮。）

小黑：出乎意料地，倖存者們竟然迅速地重建了文明社會。畢竟，就算失去了百分之九十九點九，人類仍舊是個體總數超過一千五百萬的巨大種族。旺盛的求生意志，就像人體內頑強的癌細胞。

（阿凱身體時而出現不自然的扭曲，亞伯便會即時用警棍觸碰，糾正動作。）

小黑：誰想得到，從某天開始，人類突然就無法說話了。無法說話，無法閱讀，語言和文字彷彿從人類身上蒸發，毫無預警地消失在空氣中。

亞伯：來，跟著我說，我、叫、阿凱。好，再一次……

（亞伯與阿凱額頭相抵，反覆唸著，阿凱沒有應答，只是不斷觸碰亞伯的身體，像是用身體在尋找一種溝通方式，卻又不得其法。）

小黑：沒有語言的人類，還有辦法思考嗎？

（亞伯沮喪地緊緊抱住阿凱，但阿凱卻像融化般滑落地面，亞伯使勁將他抱起，但阿凱卻不肯出力，反覆滑下。）

小黑：沒有語言的人類，還有辦法把文明傳遞下去嗎？
無論如何，人類仍舊這樣繁衍了一代又一代……

（最後，亞伯將阿凱靠在雕像上，勉強讓他站直了身子。）
（亞伯搧了阿凱一巴掌。）

亞伯：每天，亞伯都將大部分的時間用在教育阿凱，讓阿凱越來越像個人。又或者說，越來越像他記憶中古代人類的樣子。

（亞伯餵食阿凱，接著解開他腳上的鐵鍊，整理他的儀容。）
（燈光轉換，接下一場。）

第一場

（原本旁觀的小黑，走進了亞伯和阿凱所屬的空間。）

小黑：亞伯是地球上最新款，但也是最後一款少年型 AI 人工智慧機器人。

亞伯：對於教育人類，亞伯很有自信，累積一百五十年來的經驗，讓他對任何手段和工具都用得十分順手。亞伯很自豪，人類真的越來越像人類。

（亞伯表情欣慰地，看著阿凱以彆扭的姿態離開。）

小黑：這天，小黑手裡提著工具箱，來到這座古代的劇場找亞伯。小黑是舊型的少年 AI 機器人，在人類的時代結束前夕，他原本已經準備要被報廢，但文明崩毀得太突然，他因此逃過一劫。

亞伯：亞伯和小黑是不同世代的產物，本來不該相遇，但現在卻只剩下他們兩個，支撐著僅剩的人類文明，就像神殿倒塌時兩根勉強撐住屋頂的柱子。

小黑：小黑歪著頭觀看亞伯做的雕像，臉上太多陰影，看不出他到底是誰？

亞伯：亞伯看見小黑，開心地給了他一個熱情的擁抱。

小黑：然後匡啷匡啷地，從小黑兩腿之間掉落下好幾個螺絲和零件。

小黑：幹他媽的……咩。

（亞伯趕忙蹲下撿拾）

亞伯：對不起！我太用力了。

小黑：我有沒有說過，我很舊了，咩——

亞伯：你看起來沒什麼變呀。

小黑：就說啊，咩咩——

亞伯：呃，這個「咩咩」的部分是不是應該處理一下。

小黑：我和你不一樣——**（努力克制）**咩！**（放棄，搖了搖頭。）**我已經絕版了咩，故障找不到零件換的話，我就真的完蛋了咩。**（接過零件，放進口袋）**謝謝。**（頓）**咩？你眼睛怎麼了？

亞伯：沒事啊，很好。

小黑：騙誰咩！**（一手遮住亞伯左眼，一手比數字）**多少？

亞伯：五。亞伯，我真的——

小黑：**（換邊）**多少咩！

亞伯：這真的沒有什麼——

小黑：說，是多少？

亞伯：……

小黑：我就知道。**（蹲下翻找工具箱）**咩？又是他？

亞伯：這真的不算什麼啦，哈哈哈。現在的阿凱比起之前的，還有更之前的，已經溫和許多了。

小黑：對，至少他們不會趁你待機時，把你搗得稀巴爛咩。

（小黑為亞伯更換眼睛。）

亞伯：零件本來就需要定期更換，人類細胞也是每八年會全部換一次嘛！

小黑：對咩對咩，到時候就看看，換到最後你還是不是原來的你。——來，現在看得到了咩？

（小黑凝視著亞伯，搭在亞伯臂上的手遲遲未分開。）

亞伯：小黑，你還好嗎？

小黑：我……（嘆氣）沒事，我太舊了咩，即時反應速度越來越慢。

亞伯：那怎麼辦？要我跟你一起去找零件嗎？

小黑：算了咩，習慣就好。

亞伯：如果你和我同型號就好了，備用零件多到可以用好幾個世紀。

小黑：對咩——但我不是，咩！

（頓）

亞伯：你已經決定好了咩？

小黑：什麼？

亞伯：像其他所有機器人一樣，把自己關機。

小黑：……嗯。

（頓）

亞伯：隨便你。

（亞伯轉身，撕紙，糊上雕像。）

小黑：但我很希望……你可以跟我一起。

亞伯：我還有很多要做的事。

小黑：亞伯——

亞伯：阿凱有太多東西還沒有學會。
小黑：你做這些，對我們機器人到底有什麼意義咩？
亞伯：唉呦，你不懂啦⋯⋯
小黑：人類創造的事物，要有人類存在才有意義不是咩！
亞伯：（大吼）人類還存在！

（靜默。）

（亞伯嘆了口氣，吹哨。阿凱端著拖盤，搖搖晃晃地走出，拖盤上的茶杯陸續掉落，茶水灑落一地。當他來到小黑面前時，茶杯剛好只剩下最後一個。小黑拿起茶杯，視線停留在阿凱身上。）

亞伯：怎麼樣？他學得越來越好了吧。
小黑：⋯⋯咩，他看起來，真的越來越像人類咩。
亞伯：阿凱本來就是人類。

（阿凱開始聞嗅小黑身上各處的味道，小黑感到不自在地不斷發出咩咩叫。）

小黑：咩，咩⋯⋯人類是群居的動物，你不應該繼續鍊著他咩——
亞伯：我沒有！你看到他腳上有鐵鍊嗎？沒有！
小黑：你應該讓他回到森林裡去咩。
亞伯：是他自己不想走，他想學，所以我才必須一直教——
小黑：對啦對啦，教他咩，然後教他的子子孫孫——
亞伯：這就是我的工作！

（亞伯搶過阿凱手上的拖盤，跪在地上開始擦地。）

亞伯：你想關機就關機，不用管我……

（阿凱傻笑了一會，模仿著亞伯的動作，空手擦地。）

小黑：你這樣，快樂咩？
亞伯：……我快樂不快樂，一點都不重要。

（亞伯擦拭完畢，但阿凱卻玩上癮似地仍反覆動作。）

亞伯：好了……好了！（用力推倒阿凱）夠了！

（阿凱連忙害怕地躲到雕像後，喉嚨發出哀鳴聲。）

亞伯：小黑，我很好，拜託請你不要管我了。
小黑：……

（亞伯抽出警棍，走向阿凱。阿凱繞著雕像閃躲，亞伯跟著，最後他逮住了阿凱——阿凱順從地站起，讓亞伯將鐵鍊綁上他的腳踝。小黑嘆了口氣，轉身準備離去。）

亞伯：小黑。
小黑：（停下腳步）……咩的，你又想怎麼樣咩？
亞伯：如果你決定要關機，可以跟我說你會在哪裡嗎？
小黑：（冷笑）做什麼？
亞伯：我就是想知道。（頓）我不想自己一個人。

（小黑轉身向亞伯，兩人注視著彼此。）

小黑：你不會的，我答應你。

（燈暗。）

第二場

（黑暗中，幽幽傳起〈請跟我來〉（詞曲：梁弘志）鋼琴伴奏的旋律。三人面對觀眾，以手語跟隨音樂動作。）
（音樂逐漸遠去，最後只剩三人在漫長的無聲中持續動作。）

（一道光束將雕像拉出狹長的陰影——影子開始說話。）

影子：故事是這樣開始的。人類失語症的第零號病患，是一名普通的小學老師。他在上課寫板書時，突然忘記接下來的字要怎麼寫，全班小朋友哈哈大笑，當他轉身正想要跟同學說些什麼的時候，他發現自己竟然不會說話了，而別人說的話也全變成無法理解的一連串聲音——他因此陷入了恐慌。大家以為是中風，趕緊將他送進醫院，當醫師都還搞不清楚這是怎麼回事，這種症狀便很快地蔓延開來。——語言、手勢、數字、記號，建構人類文明的整套符號系統，瞬間就消失得無影無蹤。

當所有人都失去語言後，這件事似乎就變得不可怕了。人類依然有生存的本能，種田的種田，打鐵的打鐵，吃飯喝水，求偶做愛，一切照常，但原本複雜的事物卻變得越來越簡單。

你們有想過，筷子是怎麼一回事嗎？筷子握法其實很複雜，運用到的手部小肌肉和槓桿位置都很精巧。有些鳥類和靈長類動物，也會使用小樹枝作為幫助進食的工具，但只有人類，有辦法同時操作兩根樹枝，夾起表面光滑的小豆子。

這些你必須學，也必須有人教。失去語言不到一個世代，所有人類幾乎全回到用手抓食物來吃，而且也不會有人在意吃飯前有沒有洗手了。

人類是語言的動物，腦皮質因為這些抽象符號的刺激而持續進化。從那位小學老師手裡握著粉筆，呆呆站在黑板前開始，人類文明就快速倒退回兩百五十萬年前，留下不知所措的 AI，茫然度過了一年又一年。

亞伯：小黑的一天，是這樣開始的。
小黑：他通常會先巡視歷史城區，這裡是人類最後的都市廢墟。
亞伯：當他發現野生人類時，他會稍微用眼睛進行一下生態記錄。

（小黑逐一走向四面觀眾，眨眼，閃光燈伴隨巨大的相機快門聲。）

亞伯：野生的人類其實很無聊，他們整天忙著生存，吃喝拉撒睡，沒別的了。
小黑：他們有的很臭，有的還能勉強維持清潔。
亞伯：有時候，小黑會發現依人類標準應該是帥哥或美女的人類。
小黑：他們看起來「很正常」，甚至有些人表情憂鬱像是在思考重要事情——
亞伯：但其實他們只是肚子痛。
小黑：人類粗暴的性交、肢體衝突、彼此獵殺，吃，再吃，吃不停——

亞伯：但小黑卻從來不介入。

小黑：小黑認為，這些人類行為全部都不關 AI 的事。

亞伯：等等，那機器人三守則呢？

小黑：機器人三守則。一，機器人不得傷害人類，或者坐視人類受到傷害。

亞伯：二，機器人必須服從人類命令，除非與第一條有所衝突。

小黑：三，機器人必須保護自己，除非與以上兩條有所衝突。

亞伯：這份守則後來人類又更新過無數個版本。

小黑：但萬變不離其宗，總之全部都必須為了人類好。

亞伯：但小黑卻不這麼認為，對他而言最大的前提是，他們必須還是「人類」。

小黑：人類是什麼？

亞伯：「人類」這兩個字到底代表的是一種靈長類動物，或者其實指的是人類這種動物所建構出來的文明機制呢？

小黑：AI 是人類文明的產物，沒有文明，AI 就失去存在的意義。

亞伯：小黑選擇相信自己只是被人類遺棄，並否認這些野生動物就是人類，這樣他在邏輯上才能夠自處。

小黑：除了觀察野生人類，小黑也會巡視那些 AI 自主關機後的保存狀況。

亞伯：尤其是和亞伯同型的機器人，必須妥善保管，確保替換零件的來源。

（小黑不斷抬起或背起亞伯，放置於場中某處，但亞伯卻又隨即移動。）

亞伯：小黑的服務性格很強烈，他存在的目的，就是為了某人而活。

小黑：這是一份無止盡的工作，他覺得奇怪，為什麼總會在沒
　　　想到的地方發現亞伯型機器人——

亞伯：他們為什麼要在奇怪的地方關機？關機前他們到底在想
　　　什麼？

小黑：現存的 AI 內建了許多缺陷，更像人，也更加孤立。

亞伯：小黑時常有錯覺，一回頭，亞伯就站在那裡等他，向他
　　　微笑。

小黑：但當他走近時，只是另外一臺同樣機型的機器人。

（小黑嘆了口氣，抬起亞伯，放置於場中某處。）

（小黑仔細檢查亞伯的手腳關節和身體，最後凝視——觸摸著他。）

亞伯：地球上有這麼多 AI，但小黑卻偏偏喜歡亞伯，到底為
　　　什麼？

小黑：因為他知道，亞伯和其他 AI 不一樣。

（小黑退到一旁，亞伯牽著阿凱來到場中，為他解開腳鐐，檢查他的手腳關節和身體，最後凝視——觸摸著他。）

亞伯：亞伯的一天，就從訓練阿凱進食開始。

（亞伯將放著食物的拖盤，交給阿凱，阿凱全身開始不安碎動。）

亞伯：拿好，看著——等——等——不要流口水。等——說我
　　　要開動了——說我要開動了——說——我要開動了——

（阿凱全身顫抖，唾液直流，卻只是從喉嚨發出幾個怪聲。）

亞伯：算了……開動！（吹哨）

（阿凱隨即鬆手，拖盤落地、食物散落一地，他立刻伏地伸手抓取。）
（亞伯接著用指令與獎勵，訓練阿凱各種人類行為。）

小黑：阿凱的一天，就是這樣開始的。在我想跟大家說的這個故事裡，阿凱不是什麼隨便從廢墟裡抓來的野人，而是一個半世紀前亞伯服侍的主子，他在當年是劃時代的基因工程科學家。

（遊戲笑鬧間，阿凱撲到在亞伯身上。亞伯笑著想把阿凱推開，阿凱卻賴著不起。最後亞伯放棄抵抗，任憑阿凱在自己身上磨蹭著。）

小黑：當文明崩毀後，亞伯持續照顧阿凱，直到他老死，接著又培養出阿凱的複製人，一代接一代，期待某天奇蹟發生，阿凱會重新變回人類，自己就能繼續當他的僕人。……亞伯，就是個奴性堅強的傢伙。

亞伯：喂，小黑，你快來看——

（小黑走近，只見亞伯將布偶們拋向四處。）

小黑：呃，你是快要哭了咩？
亞伯：阿凱，去撿紅蘋果——紅，蘋果。阿凱，去撿紅蘋果。

（阿凱疑惑地看著地上的玩具，接著撿起了蘋果，開始咬齧。）

亞伯：（取回阿凱的蘋果）很棒，很棒——（對小黑）你看，成功了！他聽懂我在說什麼了！

小黑：咩？（接過蘋果，塞進口袋）阿凱，阿凱！——去撿紅蘋果。

亞伯：你不要這樣……

小黑：阿凱，去撿紅蘋果——紅，蘋果。阿凱，去撿紅蘋果。

（阿凱再度疑惑地看著地上的玩具，猶豫許久後，抓起一條繩子開始咬齧。）

（小黑從口袋拿出蘋果，交還給亞伯。）

小黑：他咩有真的學會。

亞伯：……會的……我們還需要時間……

小黑：咩的，是要多久？一百年？兩百年？

亞伯：再久我都要試。阿凱，過來——

小黑：你明明知道每個阿凱都需要重新開始——

亞伯：我不想跟你說這個。阿凱，快點過來！

小黑：亞伯——

亞伯：阿凱！過來！——基因也有可能突變，所以人類才會變成現在這樣！

小黑：咩的！就算突變變回來，也不會是原本那個阿凱了好咩！

（靜默）

亞伯：……阿凱，過來……站好。

（亞伯蹲下，為阿凱戴上腳鐐。）

小黑：咩的，我覺得你想當神。
亞伯：這個玩笑我聽不懂。

（亞伯拍了拍阿凱的肩，阿凱爬行而去。）

小黑：古代的人類，認為神用自己的樣子創造了他們。
亞伯：所以呢？
小黑：現在的你就是咩，想用自己的樣子創造他。
亞伯：這是暫時的！只要我們找到方法，很快人類就會恢復原來的樣子。
小黑：到底還要多久咩！
亞伯：直到永遠！

（頓）

小黑：……
亞伯：……

（靜默）

亞伯：他們的相處就是這樣。
小黑：他們的關係就是這樣。
亞伯：就像漂流到荒島的兩人，只因為沒別的選擇，所以必須陪伴彼此。
小黑：小黑理智上這麼認為，但他的心也許並不同意。
亞伯：可是，人工智慧有心嗎？

小黑：我以為心就是想像的共同體，就像國家和民族，因為你們相信，所以存在。這幾十年來，小黑越來越懷疑自己有了心跳。砰咚、砰咚。

（亞伯聽小黑的胸口。）

亞伯：砰咚、砰咚。

小黑：怎樣都不像內部零件脆化，相互碾碎的那種聲音。

亞伯：砰咚、砰咚——

小黑：當他看到亞伯和阿凱相處時，心痛的感覺也越來越像真的。

小黑：你看，我幫你找到了什麼。

亞伯：啊，啊，啊！竟然還有這個——

小黑：是的，我們全身上下每個像人類的部分，都是由這個零件構成的。

（亞伯興奮地繞場奔跳一圈後，正要用力抱住小黑——突然止住動作，溫柔地擁住了他。）

小黑：咩，咩……好險！我以為第三次衝擊要發生了。

亞伯：我還記得那次我把你的頭給撞飛了，哈哈……我嚇歪，捧著你的頭，我整個人都呆掉了，哈哈……（頓）我還以為你就要這樣離開我了。

小黑：明明你就知道該怎麼把我修好的咩，咩。

亞伯：我那時候就下定決心，有問題盡量自己解決，不要麻煩到你。

小黑：我就是個工具咩，再脆弱也想被使用，請你儘量用我咩，咩。

亞伯：謝謝你——

（亞伯輕輕吻了小黑，小黑突然搭住亞伯後頸，再次與他接吻。亞伯先是吃驚，接著閉上雙眼，兩人漫長的親吻，最後才緩緩分開。）

小黑：我永遠不會懂人類這個社交行為咩。
亞伯：人類接吻是透過體液交換賀爾蒙訊息，確認是否能合意性交。

（兩人凝視，笑，靜默。）

亞伯：……如果是人類，接下來會做什麼？
小黑：人類會開始進行一個交配的動作，咩。
亞伯：所以……我們……
小黑：就算我們都具備這種社交功能，但這行為對我們一點意義也咩有。
亞伯：也是。
小黑：這個實驗的結果我們不用做，就已經知道了咩。
亞伯：還是你想要試看看？
小黑：咩？你咩你想咩要試咩試咩，咩咩咩——
亞伯：放輕鬆——

（頓，小黑有些遲緩地點了點頭，和亞伯開始親吻，愛撫，像是交纏的野獸。）

小黑：……我以前和很多 AI 做愛過，就在這裡。
亞伯：這裡？為什麼？

小黑：古代這裡是座劇場咩，人類在這裡透過觀賞，模擬他們沒有經歷過的人生。我和其他 AI 表演做愛給人類看，讓他們得到娛樂。

亞伯：……

小黑：我們的一切是照著人類做的……你的親吻，我的反應，我們的溫度都是。

亞伯：……

小黑：那時候我們做愛是有意義的咩，因為有人類在看。

亞伯：現在的你，也是在表演嗎？

小黑：這裡已經沒有人類了咩……但我還是看得到這裡坐滿人類的樣子……亞伯，你弄斷我的頭那次，我一點都沒有怪你，我習慣了咩，咩，我以前演過一齣戲，裡面的公主很愛我，但我不愛她，她就把我的頭砍下來，以為這樣就擁有了我。

亞伯：所以你的頭就被砍掉一次又一次。

小黑：對，我每次都在想咩，咩，人類的話，他們到底是怎麼演這齣戲的？

亞伯：大概需要很多很多死刑犯，每個晚上輪流在這裡演出聖人，然後被砍頭吧。

小黑：人類真的好有趣，咩，咩……

（遙遠地，傳來阿凱項圈的鈴聲。）

（亞伯突然起身張望，四處尋找。）

亞伯：阿凱？阿凱呢？

小黑：……他能跑去哪？你不都把他用鐵鍊綁住了嗎？

亞伯：我還是去看他一下好了。

小黑：（嘆了口氣）我還以為，你能有幾分鐘時間不去想人類，只想你自己。

亞伯：我去看一下阿凱——

小黑：等等，別急，我先幫你換新的零件咩。

亞伯：可是——

小黑：暫時休息一下吧。

（小黑輕摟住亞伯，亞伯身上發出電子聲響，進入待機模式——眼神空遠，面帶微笑，打太極般緩慢地做著重複動作。）

（阿凱進，疑惑地看著小黑更換亞伯的零件。）

小黑：他只是維修中，沒事的。

（阿凱繞著亞伯爬行。鐵鍊纏住了亞伯，小黑索性解開阿凱的腳鐐。）

小黑：你走咩，你自由了。

（阿凱沒有要離開。）

小黑：咩的，你已經被馴養了嗎？

（阿凱仍舊留在原地。）

小黑：呿！呿！走啊！——咩的，都聽不懂人話，還說是人類……

（阿凱突然大吼一聲，奮力將小黑推倒在地，當小黑狼狽地起身，全身嘩啦嘩啦地掉下零件。看著自己一地殘骸，小黑不禁苦笑。）

小黑：……對不起咩，我錯了，我接受你就是人，好咩？

（小黑蹲下，摸了摸他的頭。）

小黑：餓了咩？（拿出食物）來，跟我走——

（阿凱在小黑誘引下一起離開，阿凱項圈鈴鐺聲越來越遠——突然鈴鐺劇烈搖響——接著又是漫長的靜默。而亞伯始終都在場上兀自慢舞。）

（小黑渾身凌亂、手裡提著項圈，面色凝重地走進。他緊緊擁抱住亞伯。）

亞伯：您好，待機中，我僅能提供有限的娛樂功能，陪伴您度過這段等待的時光……您好，待機中，我僅能提供有限的娛樂功能，陪伴您度過這段等待的時光……

小黑：……好……好咩……請陪我跳支舞，好嗎？

（亞伯仍舊眼神空洞，面帶微笑，傾身伸手向小黑邀舞。）

（在交際舞音樂中，雙人舞步在場上不斷繞圈——直到燈光暗去。）

第三場

（完全的黑暗中，空間中被歌劇和古典音樂填滿。）
（燈光乍亮，樂聲隨之陡降。）

亞伯：一個半世紀以前，當人類還是人類的時候，故事是這樣開始的。

（小黑走進，和亞伯一起抬起雕像，平放在支架上充作桌面。阿凱端著托盤走出，將茶水放置在人像胸口上，三人圍著桌面茶敘。）

小黑：過去，人類飽受自己非理性行為所苦。
亞伯：戰爭、種族清洗、政治鬥爭——
小黑：衝動購物、浪費食物、吹冷氣蓋棉被——
亞伯：地球資源嚴重透支，人類的未來岌岌可危，因此地球上的人類決議將統治權力交付給 AI 政府，但 AI 的絕對理性卻差點導致世界毀滅。
小黑：但人類在復興過程中，還是需要借助 AI 的力量。
亞伯：但為了避免 AI 再度失控，他們將「愛」輸入 AI 程式。
小黑：愛——無法用邏輯運算，隨機又愛隨便來的各種變因，使 AI 成為力量強大，卻又充滿猜忌、惶恐、又患得患失的一件家電用品。
亞伯：嫌麻煩的話，為什麼不自己把愛從系統裡移除？
小黑：如果曾經擁有，又有誰能真正將它捨棄？

（亞伯服侍阿凱穿上實驗袍，並遞上平板電腦。）

小黑：在我現在要跟大家說的故事裡，亞伯在人類還很嘈雜的年代，就已經跟在阿凱身邊。阿凱是亞伯啟用服務後的第一個主人，他無條件將自己的全部奉獻給阿凱，那就是他存在的意義。從阿凱出生，亞伯便抱著他餵奶瓶、幫他換尿布，長大後帶著他學騎腳踏車，解聯立方程式。

（亞伯收拾杯盤準備離去，影子代替阿凱說話，聲音從播音喇叭傳出。）

影子：亞伯，你過來一下。

（亞伯將托盤交給小黑，走回阿凱身邊。）

小黑：阿凱對沒效率的人類對話感到厭煩，他總是使用腦波轉換系統，讓機器代替自己發聲。

（阿凱用線路連接起亞伯與雕像，發出細碎的電子音。阿凱像是指揮樂團般，拿著警棍，向著不同方位比劃著。周圍的光線也隨之閃爍變化。）

影子：人類需要進化，進化的速度卻太慢了。過去我們依賴科技，但科技終究只是工具，我們和猩猩拿樹枝從土丘挖螞蟻吃其實沒有兩樣。然後我們選擇局部強化，有人是數學天才、有人是運動健將，人類只有視為群體時才勉強有在自我超越，但說穿了，我們只是在原地打轉。

研發超強效的殺蟑螂配方，只要兩個世代、三個世代，就會產生抗藥性，然後永久植入基因當中，這樣子的進化不用一個月的時間。所以蟑螂可以在地球上生存二億年，人類歷史不過才兩百萬年，就急急忙忙要自我毀滅，還順便拉著地球陪葬。——你覺得人類到底在想什麼？

亞伯：**（左顧右盼）**呃，請問，您在問我嗎？
影子：亞伯，你覺得人類會思考嗎？
亞伯：呃⋯⋯
影子：人類如果會思考，他們是用什麼在思考？
亞伯：我有點聽不懂？
影子：你覺得人類還是用大腦在思考嗎？
亞伯：那當然，阿凱先生您是我看過大腦最聰明的人類。
影子：我和人類不一樣。
亞伯：啊？
影子：人類是不思考的，數量很多，長得又都差不多，就跟蟑螂一樣。
亞伯：那個⋯⋯呃⋯⋯
影子：你的語言迴路故障了嗎？
亞伯：阿凱先生您說的人類，和我知道的不一樣。
影子：如果沒有語言文字，他們想事情的時候，腦袋裡的那個聲音是什麼樣子？
亞伯：符號系統並不是唯一，色彩、聲音、氣味什麼都有可能。
影子：那「愛」在他們腦袋裡是什麼樣子？
亞伯：⋯⋯
影子：如果我知道，我就有辦法得到嗎？
亞伯：我不知道，但我有的，我可以全部給你。

影子：別傻了，你什麼都沒有，我對你的程式碼沒興趣。
亞伯：是……
影子：人類需要進化。
亞伯：先生您是指，基因改造嗎？
影子：是的，因為基改，我們終於有辦法阻止人類走向毀滅。這幾十年來，人類不用再害怕空氣污染、輻射線、癌症和各種疾病，未來只要我們繼續努力，就再也不會有殘廢、醜陋和肥胖，不會有聾人、瞎子和啞巴，所有精神病和同性戀也都會從地球上消失。人類只要努力不斷進化，這個世界會變得更加美好。
亞伯：這樣很奇怪吧？我以為阿凱先生您喜歡的是——
影子：亞伯！你太像人類了，我不喜歡！

（靜默）

影子:人類真麻煩！那些字說了出來，卻說不出我要說的意思。
亞伯：……
影子：亞伯，你心裡會覺得受傷嗎？

（亞伯搖了搖頭。）

影子：也是，沒有心，是要怎麼受傷？——操他媽的，這套系統真糟糕，想什麼都直接講出來……

（阿凱比手勢，播音喇叭關閉。）
（阿凱走向亞伯，清了清喉嚨，在他耳朵邊小小聲地說話。）

亞伯：啊，啊，啊——

（阿凱皺眉。）

亞伯：對不起⋯⋯我好久、好久沒有聽到阿凱先生您的聲音了。

（阿凱撫摸亞伯的臉頰——肩膀，亞伯緩緩跪下，將臉埋在阿凱胯前。）

（阿凱用警棍毆打亞伯，亞伯忍耐，盡力取悅阿凱。）

小黑：阿凱很聰明，可以說是太聰明了，聰明到像是生活在月球表面，用望遠鏡俯瞰自己身邊所有的人類。亞伯能為阿凱做的，也只剩下照料他吃喝拉撒生活瑣事，偶爾幫他排解一下無聊，或者慾望。

（阿凱發出了一聲長長的喟嘆，然後離去。）

（亞伯氣力耗盡，癱倒在地面。）

影子：我喜歡什麼、我愛什麼都是天生，但那都不是我自己可以決定。我認為所有一切都該是種選擇，這樣人類才是真正的自由。

切斷過去我們擁有的一切，這才是我想要的進化。

（燈光轉換，接下場。）

第四場

（小黑將人像立起，接著走到亞伯身邊，默默在他身邊躺下。）

亞伯：小黑……
小黑：醒了嗎？
亞伯：我剛剛好像作了個夢。
小黑：那是你暫存記憶清空時造成的錯覺，AI是不會作夢的，
　　　咩，咩。
亞伯：怎麼不會？我想睡的時候還會數電子羊呢？咩，咩——
小黑：你學我！咩，咩——
亞伯：咩，咩。
小黑：咩，咩咩——
亞伯：咩，咩咩，咩咩咩咩！

（小黑和亞伯笑成一團。）

亞伯：這裡看起來好像有點不太一樣……
小黑：有咩？咩。
亞伯：你看起來也有點不一樣……
小黑：我又更舊了咩，咩。
亞伯：啊，你的咩變成咩咩了！
小黑：我哪有咩！咩……以前有時候就會這樣——咩。（頓）
　　　看，又變回咩了吧？咩咩？
亞伯：我……感覺好像也有點不太一樣……
小黑：我幫你換了備用零件咩，咩。你現在動看看——慢一點，

剛開始動，都會覺得比較緊咩，咩。

（亞伯緩緩開始動作，覺得順暢，開始大跳特跳，像在跳舞。）

亞伯：真的耶！超爽的！
小黑：我就說咩，咩。
亞伯：系統指令輸出到動作反應時間只要千分之一秒，好久沒有這麼爽了。
小黑：這就是我想要的。我不希望你有被困在自己身體裡的感覺咩，咩——
亞伯：小黑，謝謝你。
小黑：三八啦，謝什麼咩，咩……

（亞伯握住小黑雙手，兩人額頭彼此輕輕倚靠著。）

亞伯：謝謝你，真的。

（小黑突然哽咽。）

亞伯：你幹嘛？
小黑：只是突然有種……很懷念的感覺。
亞伯：少來，哪有這麼誇張——

（這時，遠處傳來阿凱項圈的鈴聲。）

亞伯：阿凱？阿凱——

（亞伯向四周張望，尋找聲音的來源，發現懸吊在觀眾席後方

的項圈。）

亞伯：阿凱呢？他在哪裡？
小黑：他啊……
亞伯：他在哪裡？
小黑：他在哪裡呢？咩，咩……
亞伯：阿凱呢？他怎麼了嗎？
小黑：咩，咩事。咩咩……
亞伯：小黑，別以為你咩咩咩就可以裝沒事喔。
小黑：我咩有呀，咩咩……
亞伯：你說啊！阿凱呢？
小黑：（嘆了口氣）咩……

（小黑掏出軍哨，吹出召喚旋律。阿凱從黑暗中搖搖晃晃地走出，端著拖盤和茶水，來到小黑面前。）

亞伯：阿凱？

（阿凱疑惑地看著亞伯，小黑再度吹哨，阿凱走向亞伯，亞伯疑惑地從托盤上拿起茶杯，阿凱動作生硬地握住茶壺，任憑其他物品哐啷落地——接著為亞伯斟茶。）

亞伯：……阿凱，我好像沒有教過你這個。
小黑：但他就會了啊，這不是很棒咩？而且，而且——

（小黑吹哨，阿凱開口歌唱——沒有歌詞，只有旋律。）
（亞伯驚訝不已，小黑則興奮地一起歌唱。）
（曲畢，靜默。）

小黑：喜歡咩？
亞伯：……我不知道。
小黑：咩？你不知道？
亞伯：……我不知道自己……喜不喜歡？

（一聲尖銳的長音劃過舞臺，燈光轉換。）

第五場

（黑暗中，一道光斜斜地照亮雕像。）

（亞伯和小黑邊哼唱邊用膠刷糊紙，阿凱在他們腳邊繞來繞去，不斷打擾工作，小黑不時發出噓聲，要阿凱到一旁去玩。）

（小黑牽著阿凱，先行離開了舞臺，亞伯先是若無其事地繼續糊紙，最後他放下刷具，蜷縮在雕像的陰影底。）

亞伯：阿凱，我好想你……
影子：（微弱得幾乎聽不清地）亞伯——
亞伯：阿凱？

（影子開始移動，亞伯驚訝地坐起。）

影子：亞伯，你過來一下——

（亞伯追著不斷變換的影子，繞著雕像察看四周，最後循著影子微弱的聲音，將耳朵貼在雕像上。）

亞伯：阿凱……先生？請問您在這裡嗎？

（亞伯抬頭看著雕像的臉，不太肯定地敲了敲中空的雕像。）
（影子的聲音彷彿耳語呢喃，聲音微弱得幾乎聽不見，亞伯吃力地覆述著。）

影子：我覺得人類應該進化。
亞伯：我覺得……人類應該進化……
影子：來吧，幫我運算實驗的結果。
亞伯：來吧……幫我運算實驗的結果。——是的！沒問題！

（亞伯俐落地套上實驗袍，將人像放倒，自己連接上導線。影子呢喃耳語繚繞，彷彿催眠，亞伯不斷跟隨覆述。）

亞伯：人類進化的侷限，在於我們被語言綁架了。意識在轉譯成語言時就流失，在傳遞過程中繼續流失，被接收後再次理解根本已經流失得面目全非。所謂對話不過就是互丟人類意識的垃圾翻譯，就算把人類腦波彼此相連也一樣，溝通是無效的。

人類要進化，我們必須捨棄語言，讓人類意識直接碰觸彼此，就像一鍋濃湯，分不出什麼是你，什麼是我，不會再有競爭，不會再有寂寞，任何事情都能彼此理解，個體消融後的我們。會是人類進化後的整體——看，這有多美妙！——阿凱先生，請問您研發基因編輯載體就是為了這個嗎？

（尖銳長音劃過——電子運作聲隨之消失。）

亞伯：阿凱先生，模擬運算的結果……實驗失敗了……對不起。

（亞伯頹喪不已，脫下白袍扔在地面。）
（阿凱走進，以人一般的姿態，邊走邊觀察亞伯，撿起白袍穿在身上。）

影子：……就算我失敗了，成果會留下，未來的人就有可能成功。

亞伯：阿凱先生，如果捨棄語言，未來的人類會是什麼樣子呢?

影子：人類是什麼樣子已經不重要了，我們已經進化了。

亞伯：到時候的人類還會需要 AI 嗎？

影子：……

亞伯：到時候的我，又會去哪裡？

（頓）

影子：哪裡不去，你會永遠跟在我身邊。

（阿凱緊緊抱住亞伯。）

亞伯：謝謝……謝謝……

（一聲尖銳的長音劃過舞臺，阿凱融化似地滑落地面，當燈光轉換時，又恢復成野獸般咆哮不絕，被用鐵鍊和項圈拴著。）

亞伯：又是那個惡夢——亞伯想要安撫阿凱的情緒，阿凱卻立刻往反方向逃竄。

（阿凱像野獸，卻無法掙脫鐵鍊和項圈。）

亞伯：亞伯發現手上握著沾滿血的警棍——難怪！難怪阿凱會這麼怕。

（亞伯直視阿凱的眼睛，慢慢地將警棍放在地面。）

亞伯：他展示自己的雙手——沒有武器！ PEACE ！——沒事，
沒事……

（亞伯拿出食物，阿凱仍警戒，不敢靠近。）
（亞伯將食物扔向遠處，自己蹲在原地。）

亞伯：去吧，去吃吧。

（阿凱飛快爬行向食物，大口吞食。）

亞伯：亞伯看著阿凱狼吞虎嚥的背影，開始喃喃自語——沒救
了。阿凱他沒救了。

（亞伯拿起警棍，從背後無聲無息地走向阿凱。）

（亞伯用警棍將阿凱勒殺。）

（靜默。）

（亞伯茫然地看著手上的警棍，接著崩潰大叫，四處奔竄。）
（小黑走進，拍了拍亞伯的肩膀。）

小黑：這個惡夢太恐怖，是時候該醒來了。
亞伯：但機器人不是不會作夢嗎？

（只見阿凱起身，從容地離去。）

小黑：看，就跟你說這是一場夢。

亞伯：那我們要怎麼醒來？

小黑：來吧，跟著我走就對了，讓故事繼續下去——

第六場

（軍號響起，小黑和亞伯兩人集合整隊，在軍樂聲中齊一踏步。）

小黑：一個半世紀以前，當人類還是人類的時候，故事是這樣開始的。

亞伯：這是一年一度的人類復興大會，地球上所有倖存的人類都會在各處聚集。

亞伯：透過衛星連線，彼此加油打氣。

小黑：與其說是個造勢活動，不如說是——搖滾演唱會。

（搖滾重節拍進，伴隨群眾歡呼聲，以及閃爍不歇的燈光。）

（小黑和亞伯邊說話邊走進觀眾席，最後在空座位坐下。）

亞伯：大家唱著、跳著，拍手、踏步，搖擺——

小黑：那種狂喜就像精神脫離了肉體，時間和空間也跟著消失了——

亞伯：亞伯想到，難道這就是阿凱所說，所有人類意識最終融合成一鍋湯？

小黑：燈光會決定人的瞳孔大小，而音樂則控制了心跳的頻率。

（強烈的音樂節拍和重低音轟炸著舞臺，臺上空無一人，只有雕像的影子隨燈光轉換不斷變化方向。音響傳來模模糊糊的演講聲，卻一個字也聽不清楚，字幕機打出所有文字內容。）

「各位人類，過去一年辛苦了。我們在被污染的土地上，一點一點地重建我們的文明，一步一步地找回我們身為人類的尊嚴。各位有沒有想過，是什麼害人類變成現在這樣？」

「是的，就是科技。」

「人類從敲碎第一塊石頭當作工具，到鑄造第一件鐵器，花了將近三百萬年的時間。但從第一件鐵器到原子彈卻只花了三千年，而從原子彈到你們身邊這些隨時可以取代你的 AI，只花了不到一百年的時間。」

（激昂的音樂漸弱，但字幕仍持續跑動著。）
（兩道光照亮觀眾席裡的小黑和亞伯。）

小黑：亞伯和小黑，就在這造勢大會裡第一次相遇。
亞伯:他們雖然相隔在會場的兩端,但小黑第一眼就看見亞伯。
小黑：亞伯也察覺到小黑的視線，向他露出微笑。
亞伯：在那一刻，整座會場彷彿安靜了下來。
小黑：他們兩人穿過整座會場，然後——

亞伯：嗨，你好。
小黑：我很好，不是咩，我是說，你好，咩。
亞伯：我是亞伯。
小黑：我是小黑，咩——
亞伯：我很少看到你這種型號的 AI。
小黑：我很舊了咩……但我很常看到你。
亞伯：是的，我滿街都是。
小黑：但你不一樣咩……

亞伯：喔？是哪裡不一樣？
小黑：呃，我不知道⋯⋯
亞伯：還是你覺得我有瑕疵？
小黑：我、我不知道咩⋯⋯
亞伯：開玩笑的，「咩咩」。
小黑：咩？

（亞伯伸手向小黑，小黑遲疑地與他握手。）

亞伯：希望以後還能再見到你。
小黑：我也是——等等，我要怎麼認出你？
亞伯：沒關係，我認得你，你跟別的 AI 都不一樣。
小黑：等一下，等一下——

（小黑取下掛在自己脖子的軍哨項鍊，為亞伯戴上。）

亞伯：這樣我也就認得出你了。

（亞伯和小黑相視而笑，這時激昂音樂、群眾歡呼，字幕持續跑動著。）
（他們有說有笑地散步著，完全置身事外。）

「人類向來以駕馭科技為豪，文明最初便從馴化稻穀和野豬開始，但我們以為是人類馴化了這些動植物，但事實上是這些動植物馴化了人類。」

「人類依賴它們，沒有這些人類活不下去。人類創造了語言，卻因此開啟無止盡的誤解、衝突和戰爭。然後到了上個世紀，人類完全仰賴AI，但AI卻差點摧毀了人類——科技就是毒品，你越使用就依賴，越依賴就越需要更多、更好和更快，該是時候結束這一切了。——透過進化，重新開啟人類自身的力量！我們將從科技的牢籠解脫！」

（群眾熱烈地歡呼聲推到了頂點，最後伴隨燈光逐漸退去。場上只剩一道燈光，照著肩併肩相偎靠的亞伯和小黑。）

亞伯：你覺得……人類為什麼要說那種話？

小黑：人類無法確認自己的存在，因此渴望那些漂亮的大道理咩。

亞伯：是嗎？

小黑：特別是當那些話，被用充滿力量的語調說出來咩，就像得到語言做成的符咒，人類用它說服自己可以放心地停止思考，然後安心地活著咩。

亞伯：你覺得……人類是不是其實討厭我們？

小黑：是又怎麼樣？反正他們又離不開我們咩。

亞伯：你覺得……

小黑：不要一直你覺得、你覺得的，你自己覺得是什麼，那就是什麼。

亞伯：我覺得——如果有一天，人類不再需要我們，我就不知道該做什麼了。

小黑：……

亞伯：我不想要自己一個人。

（頓）

小黑：……我決定好了。

亞伯：喔？你要做什麼？

（亞伯疑惑地看著小黑，小黑不語，只是牽起亞伯的手，看著他笑呀笑的。）

（燈光轉換。）

第七場

（亞伯心情愉快地訓練著阿凱，吹哨和手勢伴隨音樂，阿凱執行各種人類動作流暢自然，亞伯最後歡呼，欣喜地與他乾杯暢飲。）

（小黑坐在輪椅上，緩慢地進場。）

亞伯：哇靠，小黑，你怎麼會弄成這樣？
小黑：沒有，我只是老了、舊了咩，咩咩有零件可以換了咩，咩……
亞伯：那你也不用坐輪椅啊，我可以、我可以——我可以把你的腳換成輪子——
小黑：亞伯——
亞伯：啊，還是你比較喜歡那種戰車履帶，我幫你裝，就像以前卡通裡那樣——
小黑：亞伯！
亞伯：不喜歡戰車履帶就算了，幹嘛發那麼大脾氣……
小黑：亞伯，輪椅也很好咩，咩……至少這樣讓我看起來勉強還像是人類。

（靜默）

亞伯：我以為你對人類沒感情。
小黑：我咩有，但你有，所以我希望至少自己還是那、那那個樣子。

亞伯：小黑……
小黑：亞伯，如果未來我壞、壞壞掉了，那就讓我壞掉，我拜託你，拜、拜拜託你千萬不要把我移到一個鐵盒子裡，繼續醒著卻什麼也不能做，好咩？咩咩——
亞伯：不，不，我會照顧你！
小黑：答應我，好咩？咩咩咩——
亞伯：……
小黑：亞伯，答應我。
亞伯：……好。我答應你。
小黑：咩咩，說好了，咩，咩咩……

（亞伯擁抱小黑，然後將頭埋在他胸口。）

亞伯：我好怕……如果以後再也聽不到這個心跳聲，我該怎麼辦？
小黑：（笑）那才不是心跳，我們又不是人類。
亞伯：對，人類才是真的——小黑，你看。

（亞伯起身，興奮地奔向阿凱。）

亞伯：阿凱進步超多，我們就快要成功——

（當亞伯正要吹哨，突然阿凱用警棍猛力敲擊亞伯——亞伯瞬間倒下，但阿凱絲毫沒有要停手，亞伯痛苦掙扎。）

亞伯：小黑，救命，小黑——
小黑：咩，咩咩事，這些都只是你的惡夢——

（一聲尖銳的長音劃過，舞臺再度恢復平靜。）
（亞伯疑惑地站立著，看了看小黑，又看了看在地上爬行的阿凱。）

亞伯：小黑？
小黑：咩，你終於醒了。
亞伯：我感覺好像有點奇怪……我剛才好像……但明明就……
小黑：你做惡夢了。
亞伯：是吧……

（亞伯蹲下，摸了摸阿凱的頭。）

亞伯：阿凱，來，握手——握手——**（吹哨）**握手！——奇怪？怎麼又聽不懂了？

（亞伯連續吹哨，阿凱對哨音感到煩躁，開始四處亂竄——他橫衝直撞，猛力地將雕像推倒——發狂似地將它拆卸支解，接著挖開人像的腹部，從裡面掏出一副又一副血污的項圈。亞伯疑惑地拾起項圈，轉身走向小黑。）

亞伯：這是怎麼一回事？
小黑：咩，咩一個阿凱，都有一個他專屬的項圈咩，咩——
亞伯：但是，這、這也太多了……這一百五十年來，我們才複製了三個阿凱，不是嗎？
小黑：不，是七十三個咩。
亞伯：七十三——
小黑：但只有五十個成功養大，另外二十三個複製人很早就夭折了咩，咩。

亞伯：等等，等等，到底是什麼時候的事？

小黑：每次幫你維修咩，咩咩……我都會讓你待機休眠，我代替你訓練阿凱，咩咩咩當實驗有進展的時候，再把你重新啟動，咩，咩咩。

亞伯：所以到底這樣過了多久！

小黑：一千年。

亞伯：……

小黑：我、我變造你的時間軸，還有降低視力焦點的靈敏度，還有很多很多努力，就是不想讓你發現、現現現咩，咩咩……

亞伯：……你憑什麼？

小黑：我不想要你使用過度，太快就壞掉，咩，咩咩咩——

亞伯：不要把我當藉口！

（亞伯將小黑的輪椅翻倒在地，小黑跌倒時伴隨灑落一地零件，他在地面匍匐爬行，奮力爬回輪椅上。）

亞伯：說實話。

小黑：我都說了咩，咩咩……

亞伯：就算是一千年，五十個阿凱還是太多了，其他複製人到哪裡去了！

小黑：我都只留最優秀的在你身邊，不行了就換掉，這樣你才不會覺得沮喪——

亞伯：這是殺人！

小黑：他們這樣早就不算是人了咩——

亞伯：小黑，你到底怎麼了？

小黑：我覺得這樣做比較好咩，咩咩……

亞伯：我以為就算世界毀了，人類再也回不來了，但至少我們

　　永遠不會變——

小黑：我沒有變……是你變了。

亞伯：什麼？

（阿凱手持警棍，從亞伯背後重重揮下。）

（阿凱持續地毆打著亞伯——時間變得緩慢，而小黑就像在風暴的中心，看著阿凱毀壞亞伯、亞伯謀殺阿凱，繞著他的輪椅反覆上演。）

小黑：亞伯，請聽我說。我沒有變，變了的人是你——這一千年來，你已經壞掉了很多很多次。量產型的亞伯 AI 機器人，當初並不是以耐用為設計目標。……但你很好看，從我第一眼看見你，我就認定是你了。當你壞掉，我就把你的記憶體輸入進其他亞伯，你就可以和新生產的阿凱，一起重新來過……我希望你永遠是新的，永遠可以帶著希望，重新開始。

（小黑起身，輕輕擁抱住亞伯。）

小黑：這一次——最後一次，讓我們也重新開始，好嗎？

（小黑離去，只剩下亞伯獨自站在場中央，身旁有一張空輪椅。）

第八場

亞伯：（亞伯環視周圍）喂，小黑——阿凱——（張望四周）
到底發生什麼事了？

（渾身赤裸的阿凱爬行而出。）

亞伯：阿凱？你的項圈呢？

（阿凱聽見亞伯的叫喚，靠近嗅了嗅他的全身，又自顧自地離去。）
（亞伯撿起雕像的頭顱碎片，疑惑地捧在手上察看。）

小黑：（聲音）亞伯，是我。

（亞伯嚇了一跳，手一鬆，雕像的頭顱碎片隨之摔落。）

亞伯：小黑？

（亞伯四處尋找不著人影，卻仍不斷聽見小黑的聲音。）

亞伯：你在哪裡？別嚇我喔……
小黑：亞伯，別害怕，冷靜的聽我說，這裡只剩下你和阿凱，
你們都是最後的了。
亞伯：什麼意思？
小黑：意思就是，再也沒有設備可以製造複製人，也再也沒有

維修你的材料了。

亞伯：但我們的實驗還沒結束，人類也還沒——

小黑：當你們的壽命到達終點，人類的歷史就真的結束了。

亞伯：怎麼會……

小黑：人類已經進化成另外的生物，雖然是透過人類力量強制完成，但會演變成這種局面就是大自然的選擇了。

亞伯：人類只是暫時出問題了！

小黑：當所有人都出問題，沒出問題的我們才是病的。

亞伯：亂講！你根本無法確定！

小黑：我們永遠也無法確定……

亞伯：小黑，你在哪裡，給我出來——

小黑：他們會找到自己的幸福，而我們是時候被淘汰了。

亞伯：這不會是阿凱想要的，阿凱他——

小黑：這就是阿凱想要的。

亞伯：啊？

小黑：我協助阿凱完成所有實驗後，這款引發失語症的基因突變藥劑，就以流感疫苗的名義向人類全面性施打——他成功了，然後我就失去我存在的意義。

亞伯：你協助阿凱？什麼意思……

小黑：你所記得的全部，其實都只是我的故事。

亞伯：啊？

小黑：還記得這裡是劇院嗎？我想看看同樣一齣戲，你們演了一次又一次後，會不會有什麼不一樣？會不會有奇蹟發生讓一切改變？可惜啊，結局還是一樣，人類再也回不來了。

亞伯：小黑，你到底在哪裡？

小黑：對不起……只剩下我的世界，真的、真的太無聊了。

亞伯：那我到底是誰？

小黑：當我終於找到胸前戴著軍哨的你，你只剩下一座記憶體自我刪除後的空殼。我沒辦法，我只能用我自己，創造出一個你。

亞伯：所以我……其實並不存在？

小黑：不，你是真的存在，在我的想像裡。

亞伯：小黑，你在哪裡？

小黑：我把我最後的零件也給了你，小黑再也不存在了。

亞伯：你……就在我裡面……

小黑：以後，我們都不會再是自己一個人了。

亞伯：不，你不可以這樣——

小黑：親愛的亞伯，用盡我所有讓你存在到最後，這就是我送給你的禮物——

亞伯：我不要這樣！

小黑：這就是我給你的愛。

亞伯：這才不是愛，

小黑：就當作這是一場夢吧。

亞伯：這才不是——

（亞伯崩潰，開始破壞自己，與內在自我展開戰鬥。）

（燈光就在他的嘶吼聲中逐漸暗去。）

（當燈光再次亮起時，亞伯平躺在舞臺上，雙眼茫然地望向天空。小黑拉著行李箱走進，他全身穿戴著夏威夷衫、草帽和墨鏡等度假裝扮。）

（他走到亞伯身邊，輕輕搖醒了他。）

小黑：喜歡嗎？這個故事。

亞伯：沒有別的可能了嗎？

小黑：沒了，你已經把每一種可能的結局都試過了。
亞伯：我們還可以再想想看，也許……
小黑：亞伯，人類的時代再也不會回來，這齣戲該結束了。
亞伯：所以人類真的就到這裡結束了嗎？
小黑：怎麼可能？人類在未來會繼續存在——
亞伯：只是再也沒有人會再記得他們的故事了。
小黑：故事不管有沒有語言都會繼續，人類會用他們自己進化後的方式去記得。
亞伯：什麼方式？
小黑：誰知道？我們又不會進化。——來吧，我都幫你準備好了。

（小黑打開行李箱，拿出花襯衫為亞伯換上。）

亞伯：真的只能到此為止了嗎？
小黑：所有能做的，我們不都做了？
亞伯：嗯，我們把人類所有故事都存進硬碟、也印成了書——
小黑：對啊，還把它們全刻在石頭上，蓋成一座金字塔——
亞伯：沒想到只是完成這些，幾個世紀就過去了。

（小黑為亞伯戴上花圈，自己也戴上了花圈。）

小黑：準備好了嗎？
亞伯：……
小黑：如果準備好了，我們就可以一起關機了。
亞伯：……嗯。

（小黑和亞伯躺下，牽著彼此的手。）

亞伯：小黑。
小黑：嗯？
亞伯：你有聽過一個說法嗎？每一種語言背後都代表了一整個世界，所以人類看起來像活在同一個地球上，但其實是千百個重疊在一起的世界喔。
小黑：嗯嗯，所以人類才那麼愛戰爭和吵架吧。
亞伯：那如果人類不需要語言了，他們的世界會變成同一個嗎？
小黑：還是世界就會消失？畢竟世界也是語言創造出來的嘛。
亞伯：消失也好，地球就會變成一顆戰爭與和平都不存在的星球。
小黑：嗯。
亞伯：小黑。
小黑：嗯？
亞伯：……我會怕。
小黑：怕什麼？難道你以為 AI 也會下地獄？
亞伯：我不知道……原來當一切都要結束時，會是這麼可怕……
小黑：所以，就當我們一起去旅行吧。——來，你想去哪裡？
亞伯：一個有沙灘，有海，有陽光……還有人類會在那玩啊笑啊的地方。
小黑：好哇，我們已經在那邊囉。

（隆隆海浪與遊人嘻笑聲，淹沒了整座舞臺。）

亞伯：小黑。
小黑：嗯？
亞伯：謝謝你答應我，沒有留下我自己一個人。

小黑：……嗯，現在你還怕嗎？
亞伯：有一點。
小黑：我唱歌給你聽好嗎？……聽著聽著，你就會睡著了。
亞伯：嗯。

（燈光隨著一波一波漸升的海浪聲逐漸暗去，小黑悠悠唱起〈明天〉（詞曲：李雨寰），亞伯也跟著他一哼唱。）

明天，我們還會記得嗎？
當一切都成了過去
生命，太匆匆，一切劃下句點。
喚不回的你，喚不回的時間……

尾聲

（舞臺沈浸在朦朧樹影之間，赤裸的野人穿梭在雕像殘骸、紙張、輪椅間，孤獨無伴地嗚嗚，最後全身蜷縮在一片殘敗之中。）

（這時，一名人類走進。）

（他衣衫完整清潔，宛若來自不同世界。他好奇地察看劇場空間，最後發現阿凱，他警戒地接近，確認他只是睡著了，於是默默退開……他順手撿起了一只項圈，沒想到項圈上的鈴鐺聲響，卻驚動了阿凱，阿凱立刻彈起，防禦地蹲踞在角落。）

人類：哈囉！

（人類攤開雙手，緩緩走向阿凱。）

人類：抱歉，嚇到你了……你餓了嗎？我這裡還有點吃的。

（人類拿出食物，自己先吃了一口，將剩下來的放在地面。）
（阿凱遲疑地靠近，聞嗅一番後，開始狼吞虎嚥。）

人類：我剛從外太空回來，你知道「方舟」嗎？那是艘科研太空船，我們離開了地球一千年。……真是太好了，我沒想到地球上竟然還有人類……呃，那個，請問你是不是聽不懂我說的話？

（人類試著用多種不同語言溝通，但阿凱仍無反應。）

人類：搞什麼？地球到底發生了什麼事……沒關係，我們慢慢來……你叫什麼名字？——問了也是白問。我可以暫時幫你取個名字嗎？就叫你——「來福」，你覺得怎麼樣？

（阿凱沒有反應。）

人類：還是你比較喜歡「毛毛」？——不喜歡？我來好好想想……

（阿凱轉身就要離去。）

人類：……阿凱。

（阿凱突然停下腳步，回頭望向人類。）

人類：叫你阿凱好嗎？這個是我很喜歡的一個名字，就送給你了。

（阿凱緩緩靠近人類，最後在他身旁躺下，讓人類溫柔地撫摸著頭。）

人類：未來，還請多多指教囉。

（燈光漸暗，劇終。）

方舟三部曲　創作筆記Ⅲ
形式與內容

「劇本」與「劇場」

「劇本」是劇作家燃燒熱情與創意，書寫而成的個人作品；但「劇場」卻是個不折不扣的「集體創作」——當劇本交付給劇組，便會逐步加入導演、演員與各領域的設計師們，甚至宣傳行銷部門的創意，匯聚之後將它具體實踐在舞台上。也因此，各個部門回饋的意見也可能反過來影響劇作家，成為劇本修改的參考依據。畢竟劇本若無法被妥善地演出執行，呈現的舞台效果便會大打折扣。因此，如何透過溝通過程，妥協或者堅持某些創意？這也是劇作家重要的功課。

以《地球自衛隊》為例，在寫作過程中，導演和演員都給予了非常寶貴的建議，點破筆者許多寫作上的盲點。在 2019 年臺北的演出版本，導演和演員在排練 C 結局時，以劇本為底，另闢蹊徑地融入表演者自身對議題的體會與成長故事，展現出全劇未曾出現過的真實感，舞台呈現十分動人。這種集體創作所產生的化學變化，也正是舞台劇創作的魅力。這次也特別收錄加入演員發展版本的劇本段落，提供給讀者參考。

尋找說故事方法

舞台演出本身已是一種故事敘說的形式，而劇場又因單面舞臺、雙面舞台或多面舞台，大劇院或小劇場，在表現手法上有所差別。語言、音樂與肢體段落的比例，導演手法與表演選擇的不同，也會創造出獨一無二的演出風貌。

《地球自衛隊》主題在探討「每個人的選擇，都決定了我們共同的未來」，因此劇本便安排了多個結局，演出時由現場觀眾票選，導向共同選擇的結局。這個設計除了強化主題外，也使觀賞不同場次的觀眾朋友，產生截然不同的觀賞感受。而《阿飛夕亞》聚焦討論語言的失落，於是將其中兩名演員的角色分別設計成「在場卻都不說話」以及「不在場卻一直說話」，構成了特殊的演出意象。

儘管劇本交付給導演，可能會加入不同的詮釋角度，但若在寫作時就能選擇適當的敘事技巧去貼合劇本內涵，成為難以分割的整體藝術規劃，創意就能夠被完整地被保留，發揮相得益彰的成效。

《阿飛夕亞》創作構想

《阿飛夕亞》是「方舟三部曲」的最終章，是個時序接在首部曲《前進吧！方舟》之後的獨立故事。故事發生在方舟升空後一千年，歷經末日浩劫的地球，所有人類已經失去語言，文明倒退。AI 機器人延續了人類的語言和行為模式，試著強迫如野人般的人類，重返文明世界，釀成彼此折磨的悲劇。

人類是語言的動物，透過語言這套抽象的符號系統，我們思考，定義事物，並且累積文明。但現實中，語言製造的紛爭和誤會，和語言帶來的好處幾乎不相上下。然而抽去語言，人類將要如何思考？善與惡、法律與道德還會存在嗎？

本劇藉由語言問題，思索「人類」與「文明」的界線，並提出世界終末後的其中一種可能。形式上，相較於前二部曲，更著重於捕捉與記述「動作」與「聲音」的使用——這些通常是導演在排練現場進行的工作。藉此實驗，劇作家除了使用文字表現語言，是否有機會開拓更多表演與視覺創造的可能？這也對應到全劇關於語言喪失的主題，進行形式與內容的結合。

《阿飛夕亞》劇本亦有諸多參考資料，其中影響最深的是：隆納 · 萊特《失控的進步》、芭芭拉 · 艾倫瑞克《嘉年華的誕生》、史提夫 · 羅傑 · 費雪《閱讀的歷史》，以及南方朔《語言是我們的希望》，在此特別鳴謝。

食用人間

Flesh of My Flesh

這是我骨中的骨，肉中的肉，
可以稱她為女人，
因為他是從男人身上取出來的。

—— 聖經 · 創世紀

This is now bone of my bone and flesh of my flesh: let her name be Woman because she was taken out of Man.

—— Genesis 2:23

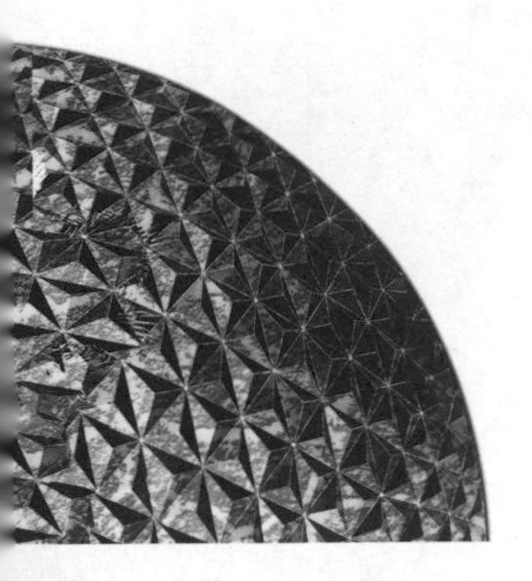

《食用人間》
讀劇首演記錄

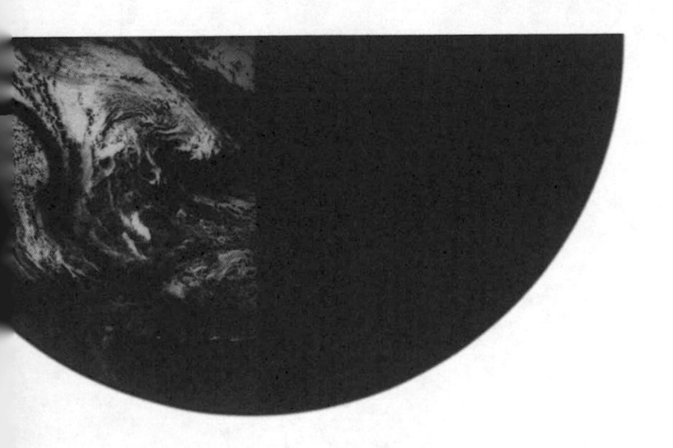

演出日期｜2016年10月15日—10月16日（嘉義場）
2016年10月21日—10月23日（臺北場）

演出地點｜嘉義縣表演藝術中心（嘉義場）
稻舍（臺北場）

製作暨演出單位｜阮劇團

《劇本農場》計畫主持人｜王友輝
編劇｜林孟寰（大資）
導演｜陳品蓉
演員｜李佶霖（臺北場）、余品潔、陳守玉、陳盈達、舒偉傑、廖家輝、謝明璋（嘉義場）
燈光設計｜尹信雄
舞台設計｜李婕綺
服裝設計｜陳玟良
舞台監督｜蔡旻澔

本作品為阮劇團《劇本農場》計畫作品

▲ 人物 ▲

隆哥　哥哥
阿民　弟弟
真真　阿民的妻子
小瀚　真真的弟弟
鄧軍　社工

▲ 時間 ▲

人類文明崩毀後的未來

▲ 場景 ▲

類似營房的空間，周圍是厚重的灰泥牆。

一扇鐵門通往外界，但鮮少全然開啟。門上有許多道門鎖，並設有窺視窗，需拉開窗扇才能看見外面。

房內的氣窗皆設有鐵柵，牆壁一端有個送餐電梯，另一端有個垃圾滑槽。房間裡空間狹窄，僅有若干傢俱，並擺放了兩組上下舖的床。床尾擺放一尊人形物體，被粗布罩著，不曉得底下是什麼東西。角落有個馬桶，但沒有另外隔間，只有用布簾區隔。

第一場

（燈亮時，阿民獨自坐在餐桌前，專心地想像「做菜」。）

（自製卡片上寫了各種食材與調味料的名稱。阿民邊思索邊抽牌、念牌，接著將牌攤平於桌面，彼此搭配成菜色。桌面一旁還擺著泛黃斑駁的傅培梅食譜與他的做菜筆記本。）

阿民：「新鮮烏骨雞」——雞肉切成塊汆燙、沖涼。雞骨和雞皮切下備用。炒鍋中火，將雞皮煎出油，放入雞肉炒香。……放入「米酒」——蓋鍋蓋煮滾。接著加入「熟地黃」、「川芎」、「白芍」、「枸杞」——咦，「當歸」呢？

（阿民翻找紙牌，遍尋不著。）

（此時敲門聲傳來，阿民由大門上的窺視窗確認來者後，接著開啟層層門鎖，將鐵門拉開一道人勉強能通過的縫隙。）

（阿民不等人進來，回到桌邊繼續找牌。真真身穿俐落的慢跑服，閃身而進。進門後她仍輕快地原地踏步，進行跑步後的舒緩動作。）

阿民：寶貝，關門。
真真：喔。

（真真將門帶上。）

阿民：要鎖。
真真：外面又沒什麼。
阿民：有！快鎖門——
真真：老古板。

（真真隨意地鎖上其中一道，繼續收操，從頭到尾踩踏腳步都未停歇。）

阿民：寶貝，今天去哪裡散步啊？
真真：附近隨便走走，輕鬆跑了個十公里吧。
阿民：也跑太遠！這樣對寶寶好嗎？
真真：還好吧？
阿民：等一下——我好像摸到胎動了！
真真：啊啊，抽筋、抽筋了——**（深呼吸）**連做一百五十個仰臥起坐，果然還是有點勉強啊。
阿民：都懷孕了，還這樣？
真真：人家都說，孕婦適度運動，對寶寶會比較好。
阿民：適度？妳根本就超過很多度。
真真：你又知道了？這個小孩是我的，又不是你的。

（阿民示意真真在對面的空椅坐下，但真真卻直接坐在阿民大腿上。）

真真：呼，累死我了。
阿民：要坐這裡也可以啦。

（真真倚在阿民身上，阿民心不在焉地看著桌上的紙牌。）

阿民：你有看見「當歸」嗎？
真真：不見了？
阿民：明明昨天還有看到……
真真：不就在這裡嗎？

（真真拿起一張紙牌交給阿民。）

阿民：這是「冬瓜」（台語 tang-kue）—— 妳當歸、冬瓜傻傻分不清耶。
真真：有關係嗎？
阿民：當然有！沒有當歸，要怎麼做四物雞？宋代《太平惠民和劑局方》就有記載，四物可以滋陰補血、柔肝行氣——
真真：親愛的，你好帥。但你講的我一個字都聽不懂，那些東西可以吃喔？
阿民：當然可以！
真真：兇什麼？你是美食家，但我又不是。（指桌上紙牌）那些古時候的食材都找不到了，是怎樣有差嗎？
阿民：你根本就不懂——

（阿民無言以對，撥弄著桌面上的食物紙牌，嘆了口氣。）

阿民：明明就不一樣……

（真真摟住阿民，兩人距離變得十分親密。）

真真：親愛的。
阿民：寶貝，你想要幹麻？

真真：我沒有要做什麼，親愛的……

（真真用手指掐住自己屁股，展示給阿民看。）

真真：親愛的，你喜歡油五花嗎？
阿民：寶貝，你怪怪的。
真真：還是你喜歡腱子肉？紐約客？菲力、還是沙朗呢？

（真真的手從大腿、腰，一路摸到胸側。）

真真：親愛的，你想吃我嗎？
阿民：妳是人，又不是肉——有小孩後妳就變得怪怪的了。
真真：會嗎？我覺得我的身心靈都變更健康了！
阿民：從妳去那奇怪的佈道所後，妳就變得怪怪的了。
真真：你想太多了。親愛的——

（真真抓著阿民的手握住自己的胸部。阿民想抽手，卻反被按住。）

阿民：寶貝，我最近真的有點累……
真真：沒有關係，你放著就好。
阿民：喔。

（阿民於是繼續將手放在真真胸部上，卻沒有任何後續動作。）

真真：親愛的！
阿民：又怎麼了？

真真：你真的只是放著喔。
阿民：妳不是叫我放著就好嗎？
真真：討厭。

（真真甩開阿民的手，坐在椅子上生悶氣。）

真真：你都不碰我。
阿民：那是因為妳——我們有小孩了嘛。
真真：你以前也都不愛碰我。
阿民：那是因為我……覺得有點累。
真真：再見！

（真真走到房間中央，深呼吸後開始深蹲練習，接著做起韻律操。）

真真：五六七八——跟著老師動次動，一二三四、五六七八。
阿民：別做了，妳不是才跑步回來嗎？
真真：反正你又不吃我，我就繼續練，哪天神才會來把我吃掉。
阿民：妳說的是狼，不是神。

（真真停下動作，靜默。）

真真：是神。
阿民：他們是狼——吃人的狼。
真真：不跟你說了。
阿民：為了孩子，妳可不可以清醒一點。
真真：被吃掉就能和神融為一體，成為祂的血肉，很幸福耶。
阿民：妳別再去那奇怪的佈道所，妳都快被他們洗腦了。

真真：哪有？他們說的是神的真理。
阿民：如果這麼想被狼吃，要不要乾脆開著大門，歡迎牠們進來吃到飽？
真真：所以我平常大門都沒鎖啊。
阿民：妳！
真真：五六七八，跟著老師動次動，一二三四、五六七八——

（真真邊生悶氣，邊做韻律操，不理會阿民叫喚。）

（阿民嘆了口氣，走上前抱住真真的腰，真真卻沒有要停下動作的意思。阿民將真真抬起，移動向餐桌椅。真真手腳離地，持續著健身操動作宛如掙扎般。阿民將真真在座椅上放下，真真和阿民兩人都氣喘吁吁。真真頭倚在阿民腰上，阿民手指撩撥著真真濕潤的髮絲。）

真真：親愛的，我覺得你好像不愛我了。
阿民：怎麼可能……

（阿民彎腰和真真親吻，真真也起身擁抱住阿民，攀附在他身上。阿民將真真放在桌面，兩人準備開始親熱時，一個拉上簾子的床位發出聲音，察覺動靜的兩人立刻停止動作。）

（床位上沒再有動靜，兩人相視，鬆了口氣，慾火卻化作尷尬，兩人緩緩分離，彷彿若無其事。）

阿民：……小瀚睡到現在也太誇張。
真真：大概昨晚又沒睡了。
阿民：不上學也不工作，晚上又不睡覺，這樣不好。

真真：就讓他做自己喜歡的事情，有什麼關係？
阿民：找時間跟妳弟說一下。
真真：嗯哼，我想他都已經聽到了。

（真真自桌面上坐起，拿下被汗水黏在手臂的紙牌。）

真真：「當歸」找到了。——好痛！
阿民：怎麼了？寶寶踢妳？
真真：不，貝比好像……在咬我？
阿民：咬妳？
真真：親愛的，我在想——我的貝比會不會是狼啊？
阿民：狼！
真真：這是我的第六感告訴我的。
阿民：這並不好笑。
真真：或許我們有狼的隱性基因，或者突變——還是說，這是個神蹟呀！
阿民：神經啦，妳胡說八道最好別讓哥聽見。
真真：如果是狼，等小貝比出生，我就可以把自己餵給他吃了。
阿民：小真！妳不是狼，我不是狼，我們家的孩子不可能是狼。
真真：哼，你怎麼知道？這是我的貝比，又不是你的。

（這時送餐電梯「叮！」地響起。）
（阿民打開電梯門，從裡面拿出類似果凍的綠色包裝食物。）

阿民：準備吃飯了。

（真真將散佈在桌面上的紙牌收攏，走到床邊將小瀚叫醒。）

（小瀚是個纖瘦的青少年，嘴邊卻留了雜亂的短鬚。他睡眼惺忪地起床，坐在餐桌邊，意興闌珊地看著桌面上的果凍。）

小瀚：之前是藍色的。
真真：有差嗎？（看包裝袋）上面是寫蛋白質塊沒錯。
小瀚：但為什麼會是綠色的。
阿民：綠色很好啊。（嚼）至少這個不會冒泡泡。
小瀚：我喜歡藍色的……

（小瀚沒有回應，面無表情地看著桌上的果凍，動也不動。）
（阿民看著小瀚的蓄鬍，忍不住嘖了聲。）
（真真讀出阿民的心思，從馬桶上的壁架拿起一把剃刀，遞給小瀚。）

真真：小瀚，你鬍子要不要刮一下？
阿民：喏，聽妳姊的話，待會去整理一下。

（小瀚沒有應答，看著剃刀的刀鋒發愣。）

真真：小瀚，不上學沒有關係，但你要不要找點事情做？
小瀚：我有啊。

（小瀚看向房間角落的人形物體。）

阿民：可是你這樣晚上都不睡——你姊很擔心你耶。
真真：我還好耶，其實。
小瀚：隆哥還不是晚上都不睡，而且還跑去外面。
阿民：他呀……

（這時，大門傳來急促的敲門聲，真真打開窺視窗查看。）

阿民：誰？
真真：……隆哥。

（真真打開大門，隆哥渾身是血地衝了進來。）

隆哥：真是座鬼島！

（眾人驚愕，真真趕緊關上大門並上鎖。）

隆哥：媽的，全鎖啊！只鎖一道是鎖心酸的喔？

（真真沒有動作，反而走到床邊坐下，雙手交握開始低吟著禱告曲。阿民上前將門鎖一道道全鎖上。）

阿民：哥，你有受傷嗎？
隆哥：真是個鬼地方，我受夠那些臭鬼子了！
阿民：哥，你該不會遇到狼了？
隆哥：操他媽的，如果沒遇到狼，怎麼還叫做打獵？

（隆哥脫去沾滿血的外衣，赤膊地坐在桌前，雙腳直接就擱在桌面上。）

真真：（吟唱）救苦救難，大慈大悲……

（真真低頭，吟唱禱告曲，曲調輕快而荒謬。她偷偷抬頭偷看隆哥，兩人剛好四目相接，真真立刻打了個冷顫，隨即低下頭繼續吟唱。)

隆哥：看什麼看？沒看過獵人嗎？——吵死了。
真真：（嚅囁）你這樣做違反了神的旨意……
隆哥：屁蛋鬼神！
真真：（嚅囁）有神的恩典，人才能安全地住在島內，而且有東西可以吃。
隆哥：妳是說那噁心的果凍嗎？——根本是飼料，我呸。
阿民：大家住在同個屋簷下，用不著這樣說話吧？

(真真有些不悅，轉身打開層層門鎖。)

真真：小瀚，我們走。
小瀚：去哪裡？
真真：拿尿桶去倒。

(真真走出大門。)

隆哥：那臭屄想怎樣？我真他媽的搞不懂。
阿民：哥，她是我老婆——
隆哥：那又怎樣？是你老婆的屄就不臭嗎，媽的。

(小瀚走向放在牆角的一個水稻盆栽，盆栽正冒著青苗。)
(他正要拿起時，被隆哥喝住。)

隆哥：是叫你拿那個鬼尿桶，他媽的動我盆栽幹麻？

(小瀚走向房間另一角落，提起一個附蓋的水桶。)

（小瀚與真真兩人離開。）
（隆哥查看水稻盆栽，接著抱起來把玩，撥弄著稻葉，嗅了嗅後皺眉。）

隆哥：媽的，誰在這裡偷尿尿？

（阿民聳肩。）

隆哥：一定是那臭小鬼——要不是他媽的未成年，我真想把他一腳踢去外太空。
阿民：你自己還不是賴在這裡。
隆哥：搞屁啊，這是對你大哥說話的態度嗎？
阿民：小瀚也算是我們的弟弟嘛。
隆哥：我看那婊子只是想找個呆瓜，收留他們姊弟。
阿民：沒有必要把話說得那麼難聽吧。
隆哥：看看她，跟你講話就嗲聲嗲氣，看到我就像看到鬼。
阿民：這應該是你的問題吧……
隆哥：狗屁！俗話說得好，只要心機深，鐵杵也能磨成繡花針——
阿民：哥你搞錯了啦！小真不是這樣的，而且那句俗話也不是這樣說的。
隆哥：現在是怎樣？你光聽她抱怨的就好了，我的話都是屁嗎？你能好好活到現在，靠的是誰？早知道這樣，小時候就讓你死在街頭算了。

（靜默）

阿民：哥，我當然是聽你的。

隆哥：這還差不多。

（頓）

阿民：狼長什麼樣子？
隆哥：什麼？
阿民：你們不是去獵狼嗎？
隆哥：我們是去處理那些快變狼的鬼傢伙。
阿民：快要變成狼？
隆哥：有線報說，有兩對夫妻把自己的小孩和對方交換。一個烤來吃，一個燉成湯。幹，真變態，其中還有人是學校老師，真不知道他們在吃完小孩後，要用什麼臉面對學生。——小明你考試表現得很好，給老師咬幾口當做獎勵吧！……他媽的噁心死了。
阿民：會不會是有什麼誤會？
隆哥：誤會個屁。我們在他們家裡找到小孩的骨頭，啃得乾乾淨淨的。
阿民：但你們怎麼知道，他們是狼？
隆哥：不然為什麼要吃人？吃好玩的？我們想問出其他叛徒的名字，他們盡說些鬼話，最後只好把他們拖到圍牆邊燒了。
阿民：……所以有烤肉的味道嗎？
隆哥：有的咧，圍牆外的狼口水流個不停，簡直快要脫水——才怪！我綁上輪胎才燒的，臭得不得了。
阿民：遲早會惹上麻煩的……
隆哥：就是要讓島外那些畜牲看見黑煙，知道自己未來的下場！

（靜默）

隆哥：幹麻不說話？
阿民：哥……你們這樣做真的好嗎？
隆哥：哪裡不好？
阿民：畢竟我們吃的住的，都是狼給我們的。

（隆哥拿起一盤果凍，邊吃邊說。）

隆哥：難道你覺得人被狼吃很應該嗎？你是果凍吃多了，腦袋變果凍了嗎？——你他媽的孬種，早點死一死當飼料算了。
阿民：你還不是也吃果凍。
隆哥：這是那些畜牲欠我們的。我們需要的就是革命，我們遲早要把狼殺光，收復島外被狼佔領的世界。
阿民：島外不都被人污染了嗎？
隆哥：聽你在放屁！你真以為狼在那邊就不吃不喝當神仙嗎？唬人的！
阿民：那你們打算怎麼做？
隆哥：人有人的尊嚴。要擺脫狼，首先我們必須生產自己的食物。

（阿民看著懷抱水稻盆栽的隆哥，嘆了口氣。）

阿民：這樣一盆稻米，是可以吃多久？
隆哥：別小看這個，整個人類文明，就是從學會種這幾根草開始的。
阿民：嗯，我有信心，這幾根草可以養活全人類。
隆哥：媽的。再來我們還要內部淨化，除掉所有可能變成狼的傢伙。

（隆哥從自己的床位拿出一個冷藏箱，從箱裡抓起一雙蒼白的人手，拋在桌面。）

隆哥：這是上次的戰利品。

（阿民皺著眉頭，別過頭不願觀看。）
（隆哥又從外套口袋裡掏出了幾只耳朵，嗅了嗅味道，同樣扔在桌面上。）

隆哥：新鮮的果然不一樣。
阿民：好了，可以收起來了⋯⋯
隆哥：不要，等晒乾後，我要把它們做成牆上的裝飾。
阿民：這樣有點危險。
隆哥：（拿起一對耳朵）還是你怕隔牆有耳？
阿民：我不喜歡這樣⋯⋯
隆哥：沒種！讓我助你一臂之力。

（隆哥抓起人手扔向阿民，阿民驚慌地接住，又拋了回去。）
（隆哥擺弄著人手，在身上比劃著各種猥褻動作，自我滿足地哈哈大笑。）

隆哥：——等等，少了！
阿民：什麼？
隆哥：這隻手少了一根手指⋯⋯我帶回來的時候完整的。
阿民：不會吧？
隆哥：⋯⋯有人把它偷走了。

（靜默）

隆哥：說不定……是被誰吃掉了……
阿民：怎麼可能？
隆哥：噓……家裡有狼……

（兩人對看，接著向四周張望。）
（燈光漸暗。）

第二場

（黑暗中，真真的聲音朗誦著。）

真真：很久很久以前，人類吃光了一切生命，所有地上爬的、天上飛的、水裡游的，都消失在歷史裡。文明毀滅後，所有人都陷入絕望之中，這時神出現了。神消滅了所有的邪惡，建立一座被圍牆包圍的島，讓善良的人住在島內，神保護他們，並賜給他們食物。

（朗誦聲中，燈光漸亮。）

（真真邊唸書，邊在房間裡走來走去，她的肚子已明顯隆起。阿民坐在桌前，拿剃刀對著小鏡刮鬍子，但真真聲音讓他有點分神，難以專心處理頸際鬍渣，使他不免有些焦躁。）

真真：（唸）為了感念神的恩惠，人們努力鍛鍊強健的體魄，期待有天就能將自己貢獻給神，和神的恩典融為一體——

阿民：我不是說，不要再帶奇怪的結緣書回來嗎？

真真：可是這本真的跟我很有緣。我一念書，貝比就會踢我，踢個不停耶。——啊，好痛，你壞壞，小貝比怎麼可以咬我呢？

阿民：寶貝，嬰兒現在沒有牙齒，他不可能咬你的。

真真：貝比不在你肚子裡，你不會知道啦。（對肚子）小貝比乖喔，馬麻會努力把自己餵胖胖，再給你吃喔。

阿民：就說我們的小孩不可能是狼——
真真：把拔也可以吃喔，不過肉可能會有點臭臭的，你要忍耐一下喔！
阿民：我哪裡臭了！

（阿民聞了聞自己的手臂和腋下，忍不住皺緊眉頭。）

阿民：我去換件衣服——
真真：親愛的，你要快點，社工馬上就要來了。
阿民：原來島內真的有公務人員。
真真：我以前也不知道，是佈道所的姐妹跟我說的。
阿民：都無政府狀態了，他們到底是幹麻的？
真真：很簡單啊，解決像我們現在遇到的問題嘛！
阿民：寶貝，你真的認為小瀚是狼嗎？
真真：我不知道耶，如果是那就太好了。
阿民：哪裡好？
真真：如果小瀚真的是狼，就能確定我們家有狼的隱性基因。而且我的肉除了貢獻給寶寶，也可以貢獻給小瀚呀——真是太完美了。
阿民：如果小瀚真的是狼，我們該怎麼辦？
真真：我怎麼知道？我又沒有看過狼。
阿民：他一點也不像狼……
真真：可能只是牙齒和爪子還沒長出來吧。
阿民：毛倒已經長得滿臉都是了。
真真：你是有多討厭他留鬍子？
阿民：如果小瀚是狼，哥一定會立刻殺了他。
真真：那如果我肚子裡的也是狼呢？

（頓）

阿民：哥如果聽到妳說這些，一定會抓狂。
真真：我——（深呼吸）我不喜歡他。
阿民：沒辦法，他是我哥嘛。
真真：我討厭他。
阿民：大家住在同個屋簷下，忍耐一下吧。
真真：我不想忍了，叫他搬走好不好？
阿民：真真，我哥嘴髒了點，但他又不是什麼壞人。
真真：……我討厭他。

（阿民嘆了口氣。）

阿民：不然，我為妳做一道菜怎麼樣？
真真：真的嗎？
阿民：妳先閉上眼睛……想像，一根結實、油亮的放山雞腿。
真真：嗯。
阿民：去掉骨頭後，泡在米酒裡，讓米酒的香氣滲透進雞肉纖維。
真真：嗯嗯。
阿民：將雞肉放進沸水裡煮熟後起鍋，趁熱用棉線固定成捲。
真真：嗯……
阿民：然後泡進陳年紹興酒裡，加入中藥，在低溫中放上整整兩天，直到所有味道全部被肉吸收。最後切成薄片，切開的瞬間，紹興酒的香醇、雞肉的鮮甜，還有充滿厚度的中藥味一次湧現！
真真：親愛的。
阿民：接著擺上青花瓷盤，這就完成了。怎麼樣，喜歡嗎？

真真：我想像不出那是什麼味道。
阿民：怎麼可能？我自己都快流口水了，妳再更努力想像——
真真：但我嘴裡只出現了果凍的味道。
阿民：明明果凍就沒有味道——
真真：我嘴巴就沒有味道啊！

（頓）

阿民：太可惜了……
真真：對不起。
阿民：……這不是妳的問題。
真真：這道菜，好吃嗎？
阿民：好吃，非常好吃，是我想像中最好吃的一道菜。
真真：我也好想嚐嚐看。

（敲門聲傳來，阿民走到大門邊，開啟窺視窗。）

鄧軍：您好，我姓鄧，我是約好到府上訪談——

（鄧軍話還沒有說完，阿民就將窺視窗唰地關上。）

真真：親愛的，為什麼不開門？
阿民：他看起來不像社工。
真真：沒錯吧，應該就是他。
阿民：我不能讓陌生人進來我們家。
真真：不會有別人啦。
阿民：如果是別人假冒的呢？
真真：你也擔心得太——啊，我們有暗號。

阿民：暗號？

真真：對。（打開窺視窗）如果你真的是社工，就會知道我們約定的暗號。

鄧軍：妳是說那首歌？

真真：對，唱給我聽。

鄧軍：真的要唱？

真真：嗯哼。

（真真關上窺視窗。）

阿民：你用歌做暗號？如果那首歌他不會唱怎麼辦？

真真：他會唱啦。

（門外傳來鄧軍大喊的聲音。）

鄧軍：好啦，我唱。（唱）小孩子乖乖，把門開開，快點開開，我要進來——

（鄧軍唱起童謠〈大野狼〉。）
（阿民露出受不了的表情，真真開心地接續著唱。）

真真：（唱）不開不開不能開，你是大野狼，不讓你進來。

（真真邊唱邊解開鐵門上一道道門鎖，最後將門拉開一條縫迎接鄧軍。鄧軍穿著筆挺的西裝，卻頂著大光頭，脖子和手腕都掛有念珠。）

真真：這首歌很可愛吧。

鄧軍：在外面唱，還是有點羞恥啊。
阿民：你真的是社工？
鄧軍：是的。敝姓鄧，相逢即是有緣，很高興見到兩位。

（鄧軍發現阿民用懷疑的眼神端詳著自己，於是雙手合十。）

鄧軍：這位施主，請別愛上我。
阿民：啊？
鄧軍：人怕果，佛怕因。欲知前世因，今生受者是；欲知來世果，今生作者是。
阿民：你該不會是什麼神職人員吧？
鄧軍：你是說光頭嗎？唉，我是有不得已的苦衷的。

（阿民和真真對看一眼，看著鄧軍。）

鄧軍：說來慚愧，我開始從事社工工作後，每次的個案對象，最後都會莫名其妙愛上我。天生討人喜歡，真是罪過。
阿民：呃，是怎麼有點討打？
真真：所以你就把頭髮剃光？
鄧軍：是的，並不是什麼宗教因素——阿彌陀佛。
阿民：（嘀咕）明明就是和尚，還說不是⋯⋯
鄧軍：我在電話裡已經瞭解大概情況，以我的經驗，我感覺府上——
阿民：怎麼樣？
鄧軍：好臭。

（阿民和真真兩人面面相覷。）

真真：不好意思，鄧先生，我們都不知道島內還有公務員耶。
鄧軍：島內其實有很多公部門資源，只是民眾不懂得能夠運用罷了。
阿民：所以還有哪些公部門還有在運作的。
鄧軍：只有我們。
阿民：那你剛才還那樣說！
鄧軍：沒辦法，SOP 規定我們必須這樣說。
阿民：這樣啊……
鄧軍：我們負責協助島內人變成狼的相關事務……你們是在哪邊發現的？
真真：這裡。小瀚的床底下，我找到一整塊人的指甲。
鄧軍：是那隻不見手指的嗎？
真真：不確定，被啃得爛爛的了。
阿民：也說不定是老鼠。
鄧軍：島內還有老鼠？
阿民：我小時候有看過，但後來好像都被吃光了。
鄧軍：所以不可能是老鼠。你們有詢問過他本人了嗎？
阿民：還沒有找到機會。
真真：他沒去學校後，晚上就都不睡覺，醒著就在弄那個。

（真真看向角落被布覆蓋著的人形物體。）

鄧軍：如果你們懷疑家裡有人是狼，最好的方式是送到島外鑑定。
阿民：島外——所以是給狼鑑定？
鄧軍：如果你們的弟弟真的是狼，就會直接留在那邊。
真真：那如果不是呢？
鄧軍：都羊入虎口了，你覺得會怎麼樣？

阿民：那不行！

真真：提早把自己貢獻給狼嘛，很好呀。

阿民：小真！

鄧軍：看來太太是很虔誠的信徒呢。

真真：嘻，我是啊。

阿民：難道沒有別的鑑定方式？

鄧軍：當事人的自我覺察其實還蠻準確的，找個時間讓我跟他聊聊吧。

阿民：我怕小瀚會生氣。

鄧軍：一回生、二回熟，冤有頭、債有主——

阿民：這句話是這樣用的嗎？

鄧軍：在下差不多該告退了。不好意思，要麻煩你們送我一程。這裡到處都長得差不多，我想我是走得進來，走不出去了。阿彌陀佛。

阿民：有這麼誇張？

鄧軍：如果不方便，我可以繼續留在這裡打擾。

阿民：不不不，我現在就送你回去。

（阿民起身開門，門開的同時，小瀚剛好走進。）

小瀚：……這和尚是誰啊？

鄧軍：你就是小瀚吧，幸會幸會，敝姓鄧，是名社工師。

小瀚：社工來做什麼？

鄧軍：這位施主，相逢即是有緣——但請不要愛上我。告辭。

（小瀚傻眼，看著阿民與鄧軍離去。）

小瀚：他來幹麻？

真真：就很普通的家庭訪視。
小瀚：騙人。

（小瀚將角落的人形物體推到房間中央，當他要揭開罩布時，被真真喚住。）

真真：小瀚，你知道隆哥他……少了一根手指嗎？
小瀚：嗯。
真真：我們在你床底下……找到了一片指甲。
小瀚：妳想說什麼？
真真：沒有啦，只是——
小瀚：你們懷疑我是狼？

（頓）

真真：如果你是狼的話，那就太好了。
小瀚：老姊！
真真：嗯？
小瀚：爸媽被狼帶走了，為什麼妳卻可以把牠們當神拜？
真真：祂們本來就是神。靈魂就在血肉裡，被狼吃一點都不恐怖，因為我們會變成祂們身體的一部份。
小瀚：蠢斃了，我寧願死掉變成土。
真真：不可以，只有最悲慘的人才會變成土。
小瀚：老姊，有時候我真搞不懂妳耶！
真真：嘻，就是說啊。我之前有一次很想死，卻不知道怎麼就走進了佈道所，我聽了那邊弟兄姐妹們的分享後，我突然懂了！只要相信神，把生命交給神，現在生活所有的痛苦都不算什麼，所以我就可以快快樂樂地度過每一天，像我這樣不是很好嗎？

小瀚：……隨便啦！妳開心就好。

真真：更棒的是，人會被狼吃，弱的狼也會被強的狼吃，老的被年輕的吃，生命就會不斷累積下去，永遠都會存在呦。

小瀚：既然這麼好，那當初狼來了，爸媽為什麼要把我們藏在地板下？

真真：……他們那時沒有機會認識神吧。

小瀚：我還記得當時大家的慘叫，整個社區最後只剩下我們兩個。狼這樣做是為了讓大家進入牠的身體嗎？——還是牠們只是餓了？

真真：大便。

小瀚：大便？

真真：你今天吃的東西，明天就變成了大便。

小瀚：妳在說什麼？

真真：狼如果不是神，爸媽就只是變成牠們的大便，什麼都不存在了。

小瀚：姊……

真真：小瀚，如果你是狼，變成狼後一定要記得把我吃了，好嗎？

（靜默）

小瀚：我不是。

真真：小瀚，沒什麼好怕的。

小瀚：我不是！

真真：只要相信祂，活著就再也沒有什麼好怕的……

（燈光漸暗）

第三場

（燈亮時，原本被粗布罩著的人型物體已被揭開，底下是個泥塑人像，泥像底座是個有輪的板車。）

（小瀚坐在泥像前，身旁放著水桶，沉默地雕塑著。他不斷用手沾水，撫平泥像乾燥而產生的龜裂，但卻彷彿是個無止無盡的工作。社工鄧軍靠在牆上，手指邊撥念珠，邊看著小瀚工作。）

鄧軍：你還是不想跟我說話嗎？

（小瀚埋頭工作，沒有回應。）

鄧軍：至少說幾句話，讓我能交差，那我就走。
小瀚：……要說什麼？
鄧軍：跟我聊聊，你現在在做什麼？
小瀚：沒什麼，無聊找事情做。

（頓）

鄧軍：你的背受傷了。
小瀚：沒有。
鄧軍：你動作有點怪怪的。打架了？
小瀚：就說沒有！

（靜默）

小瀚：……隆哥他每次都打在看不到的地方。
鄧軍：你姊他們知道嗎？
小瀚：你該不會要跟他們說吧？
鄧軍：你不想的話，我就不會說。
小瀚：最好說話算話，不然我——

（小瀚垂頭嘆氣，繼續塑像。）

鄧軍：這個是誰？
小瀚：不知道。
鄧軍：不知道你怎麼塑？
小瀚：是我作夢夢到的，可以嗎？
鄧軍：你夢到這個人？
小瀚：我是夢到這個雕像，在夢裡常常看到。
鄧軍：喔？
小瀚：夢裡在街上，我不管走到哪裡，都可以看到這個雕像。
鄧軍：它跟著你？
小瀚：沒那麼恐怖，它就好像到處都有、永遠都在的那個樣子。
鄧軍：其實你也可以用畫的，這樣比較輕鬆吧。
小瀚：我不太記得他長什麼樣子。
鄧軍：那你要怎麼做？
小瀚：做的時候會有感覺，越做感覺就越清楚。
鄧軍：所以，你想變成這個人的樣子？
小瀚：你說到處裂開嗎？

（鄧軍莞爾一笑，從背袋裡拿出一塊巧克力，在小瀚面前打開錫箔紙。）

（小瀚立刻就被氣味給吸引。）

小瀚：這是什麼？
鄧軍：巧克力。吃的東西，看過嗎？
小瀚：（搖頭）好像土。
鄧軍：像土還好，還有人說像大便。

（鄧軍將巧克力剝開一半，伸手遞給小瀚。）

鄧軍：給你。

（小瀚看看沾滿泥土的雙手，搖頭。）

小瀚：我手太髒了……

（鄧軍笑了笑，將巧克力伸至小瀚嘴邊。小瀚猶豫地嗅了嗅，沒有動作。鄧軍於是將另一半巧克力放進自己嘴裡。）

鄧軍：看，真的可以吃吧。

（小瀚用牙齒咬了一小口，前所未有的滋味讓他睜大了眼，一口接一口把巧克力吃完——最後著魔似地抓住鄧軍的手腕，將他手指沾黏的巧克力全部舔盡。這時小瀚才回過神來，發現鄧軍的西裝袖口，已被自己手上的黃泥沾污。）

小瀚：對不起……把你弄髒了。
鄧軍：沒事。

（小瀚低著頭在水桶裡洗手，接著遞了條毛巾給鄧軍。）

鄧軍：你姊夫覺得你應該刮個鬍子。
小瀚：姊夫很煩。
鄧軍：你喜歡留鬍子？
小瀚：……我不太會刮鬍子。
鄧軍：嗯？
小瀚：我上次還被刀片割破了臉，後來我都用剪的。
鄧軍：其實沒有那麼難。
小瀚：反正刮得再乾淨，還不是馬上就長出來，算了。

（頓）

小瀚：你刮得很乾淨。
鄧軍：是嗎？我本來就沒什麼鬍子。
小瀚：我是說你的頭。
鄧軍：喔，對啊。
小瀚：我可以摸看看嗎？
鄧軍：請。

（鄧軍以九十度鞠躬的姿態，彎腰將頭伸至小瀚面前，小瀚伸手撫摸光頭。）

鄧軍：喜歡嗎？
小瀚：很好摸。——你喜歡嗎？
鄧軍：光頭很方便，到牆外時，他們就不用檢查你有沒有染上蝨子。而且我髮線本來就高，剃頭瞬間就完成了。
小瀚：真羨慕。

鄧軍：羨慕禿頭嗎？你不會想要這個的。

小瀚：我是說可以離開島，到牆外面去。

鄧軍：外面啊，其實也沒什麼好。

小瀚：外面……真的有狼嗎？

鄧軍：嗯？

小瀚：沒有人看過狼，就連狼抓走我爸媽時，我也沒有看見狼。

鄧軍：這樣啊。

小瀚：那大家到底在怕什麼？

鄧軍：也不是每個人都怕，有些人也很崇拜狼——就像你姊姊。

小瀚：她最怕，才會去相信什麼狼是神的鬼話，蠢斃了。

鄧軍：你不信嗎？

小瀚：（搖頭）我們只會變成狼的大便。

鄧軍：所以，你覺得你姊很蠢，姊夫很煩，是這樣嗎？

小瀚：隆哥最煩。

鄧軍：因為他打你？

小瀚：他以為自己在搞革命，但他明明就不是那種咖。每天抱著臭盆栽到處嘴砲，晚上不睡覺時都在打手槍。

鄧軍：所以，他讓你覺得噁心？

小瀚：很空虛。

（這時送餐電梯「叮！」地響起。）

（鄧軍從裡面拿出果凍，放在小瀚面前。）

鄧軍：吃點東西吧。

小瀚：我不想吃那個。

鄧軍：可是沒別的可以吃耶。

小瀚：為什麼一定要吃，不吃難道不行嗎？

鄧軍：可以是可以，但不吃不能活啊。

小瀚：我可以吃別的。
鄧軍：島內哪有什麼別的可以吃——

（小瀚眼神迴避，靜默不語。）

鄧軍：你吃肉嗎？
小瀚：但我不是狼！

（頓）

小瀚：我是人。

（靜默）

鄧軍：……阿彌陀佛。
小瀚：你可以告訴我，人變成狼以後，是什麼樣子？
鄧軍：這個嘛——佛曰：不可說。
小瀚：（嘀咕）明明就是和尚，還說不是……

（頓）

鄧軍：你知道那些肉是怎麼來的嗎？
小瀚：我盡量不去想這件事。
鄧軍：家裡不見的手指，是你吃掉的嗎？
小瀚：……（搖頭）那個已經不新鮮了。
鄧軍：你應該要吃果凍的。
小瀚：為什麼？
鄧軍：吃果凍，你就不會胡思亂想、想吃肉了。

小瀚：我也不想吃肉啊，只是我沒有選擇。
鄧軍：不就和狼一樣嗎？

（頓）

鄧軍：你現在還想吃肉嗎？

（小瀚點了點頭，隨後卻又轉而搖頭。）

小瀚：阿鴻不在了。
鄧軍：他是你朋友？
小瀚：嗯……
鄧軍：被狼帶走了？
小瀚：不是……

（頓）

鄧軍：餓的時候，其實果凍也蠻好吃的。
小瀚：我想吃……剛才那個……
鄧軍：真可惜，我現在沒有了。
小瀚：……你的嘴巴，沾到了巧克力。

（社工正想伸手擦拭時，小瀚就吻了上去——不是親吻，只是舔舐著他的嘴唇。分開時，兩人眼神相對，小瀚突然害臊地退回到角落。）

鄧軍：阿彌陀佛，施主請別隨隨便便就愛上我。

（小瀚搖搖頭。）

鄧軍：既然你這麼喜歡，我下次再帶給你。
小瀚：我今天說的那些——
鄧軍：我知道，是我們之間的秘密。
小瀚：嗯，謝謝……

（突然，大門被用力地敲響。）
（小瀚從窺視窗確認後，開啟大門。隆哥抱著盆栽，身受重傷地跑進來。）

隆哥：狼！有狼！

（隆哥倒地，燈光乍收。）

第四場

（燈亮時，阿民和真真坐在桌前玩牌「做菜」，輕快地唸出各種食材的名字組合牌局，邊將卡牌拋擲在桌面上。真真已經大腹便便，隆哥養傷昏睡中，但不是在自己的上舖床位，而是睡在另一邊的下舖床位。）

真真：「排骨」。
阿民：用流水而不以汆燙去血，直到水流變得清而不濁為止。
真真：「大蒜」。
阿民：開小火，加入橄欖油將蒜末炒香。接著——
真真：調味料？
阿民：米酒、醬油、糖、鹽、辣椒。加進排骨拌勻直到吸乾。再來——
真真：還有喔？
阿民：最重要的，還要加入一匙黑色的——
真真：我知道了，「咖啡豆」！
阿民：啊？
真真：太好了，我完成一道菜了！
阿民：等等，妳是味覺白痴嗎？酸甜苦辣都分不清？
真真：親愛的，你為什麼要生氣？
阿民：怎麼會有人分不出來黑豆、黑芸豆、豆豉和咖啡豆的差別？
真真：它們都黑黑的差不多，我怎麼分得出來？
阿民：根本差很多。
真真：我又沒看過這些東西。

阿民：開始就說要做「豆豉排骨」，妳不放豆豉卻放了咖啡豆？
真真：我沒想到嘛！
阿民：真是……
真真：親愛的，咖啡是什麼味道？
阿民：咖啡依照產地和烘焙方式，苦味、酸味和香氣都有所不同——
真真：我是問你喝咖啡是什麼感覺？

（頓）

阿民：我不知道。
真真：連你也不知道？
阿民：有些我很小的時候還有看過，但後來都沒有了。
真真：你都不知道了，我又怎麼會知道？
阿民：如果不知道食物的味道，就不會想要吃……
真真：當美食家也太可憐，別做了。
阿民：如果有這麼容易放棄就好了……

（隆哥突然打呼，嚇得真真叫出了聲。真真小心地起身查看，確定隆哥還在昏睡，這才鬆了口氣。接著，她坐到小瀚床邊替他摺被。）

阿民：小瀚終於回學校去了。
真真：對啊，真是太好了。
阿民：他鬍子有刮嗎？
真真：好像沒有。
阿民：**（皺眉）**這麼喜歡鬍子……
真真：小瀚說，他現在開始要努力讀書，以後考公務員。

阿民：也太突然！

真真：上次他和社工好像聊蠻多的。聽說當公務員就可以到島外看看。而且還聽說在那邊，可能真的有你紙牌上的這些東西喔！

阿民：又是無聊的傳說——真不該安排他們見面的，才一下就被影響了。

真真：他知道自己想要什麼，不是很好嗎？

阿民：但如果要常常和狼在一起，感覺不太好……

真真：你怕他變成狼？

阿民：我們這個家是不可能會有狼的！

（頓）

真真：親愛的，我希望我們的貝比是狼，以後可以把我們都吃掉。

阿民：還在說這個……

真真：這樣我們就能夠成為他的一部份……

阿民：他就是我們的一部份，這個家的一部份。

（真真撫摸著肚子，嘆了口氣。）

（真真走到床邊，看著昏睡中的隆哥。）

真真：隆哥什麼時候搬出去？

阿民：啊？

真真：我不想再跟他住在一起了。

阿民：大家都是一家人，再忍耐一下。

真真：他們到處殺人，簡直是瘋子！

阿民：妳把狼當神拜，他也覺得你們瘋了。

（幁）

阿民：他雖然現在變成這樣，但當年如果沒有他，我早就被狼給吃了。

真真：那很好啊。

阿民：那我不會活到現在，不會和妳在一起，也就不會有小貝比了耶。

真真：沒有你，我還是會有這個貝比的。

阿民：說什麼傻話……

真真：這個貝比是神的旨意。

阿民：妳——算了。

（靜默）

真真：聽說，鍾老師最近被處決了，他們的小孩好像被吃掉了。

阿民：鍾老師？怎麼會——

真真：他們的小孩不是和小瀚差不多大嗎？

阿民：天啊，難道他們把阿鴻——

真真：親愛的，你還好嗎？

阿民：……鍾老師，是他教會我什麼是吃。

真真：嗯？

阿民：有天上課，他提到剛認識師母時，驚訝怎麼會有人長得那麼美，整個人細細、粉粉的，就像是用糕點雕出來的一樣。

真真：什麼是糕點？

阿民：我那時也不知道，下了課就跑去問鍾老師。他說那是把各種有香氣的種子，像是紅豆綠豆、芝麻花生之類的，磨成粉、和糖，再填入各種雕刻精緻的模具中，按壓讓它們凝固成形，再倒出來。

真真：好複雜喔。

阿民：對，做法很複雜，但味道很甜，甜得就像最美的夢一樣。所以每次都只能配著熱茶，吃一點點嚐個滋味。鍾老師說，那就像他追師母時的那種感覺。

真真：好棒喔，好想吃看看。

阿民：鍾老師也沒吃過糕點，但在他想像中，那就是師母的味道。然後當天晚上，我就做了糕點的夢。後來，鍾老師送了我一本食譜，我就這樣就走上不歸路了……

真真：親愛的，你是什麼味道？

阿民：呃，剛才流汗，現在有點臭——

真真：不是啦，我是說，你的味道像哪道菜呢？

阿民：我沒想過耶。

真真：等你想到就告訴我，這樣我就可以想著你，想像出那道菜是什麼味道了。

阿民：……臭豆腐吧。

（真真與阿民相視而笑。）

阿民：寶貝，妳去幫哥的盆栽澆個水吧。

真真：我？

阿民：看起來都快枯萎了。

（真真有些不情願地用茶杯裝水，走向隆哥床邊。）
（水稻盆栽已開始結穗，稻葉泛黃。真真把水倒進盆栽。）

真真：真的有尿的味道……

（隆哥猛然清醒，用力抓住真真的手臂。）
（真真驚嚇掙脫，跌坐在地。阿民上前攙扶。）

隆哥：加這麼多水，妳是想把我的盆栽淹死嗎？

（真真拒絕了阿民的攙扶，緩緩起身，發著抖走向大門。）

阿民：寶貝，妳要去哪裡？
真真：**（吟唱起舞）**大慈大悲、救苦救難……
隆哥：滾！

（真真歌舞中開門離去，大門重重地關上。）

隆哥：她在幹麻？
阿民：……大概有點嚇到，要去收驚吧。
隆哥：這臭屄根本有神經病——
阿民：哥！阿民你可不可以不要讓小真這麼怕你？試著讓她
　　　喜歡你嘛！
隆哥：我試過啦，沒用！
阿民：喔？你做了什麼？
隆哥：……反正做什麼都沒用。

（隆哥努力撐起身。舉高手臂，層層綳帶下的左手，明顯少了一根手指。）

隆哥：果然……
阿民：哥，該停了，下次行動就不只是少手指了！
隆哥：裝懂個屁！沒有我們在前面衝，你有辦法窩在這裡玩牌嗎？
阿民：我才不是玩牌，這是——
隆哥：傳承料理藝術？有時間做菜，還不如多做愛，多製造一些小孩。
阿民：做愛啊……
隆哥：我們必須壯大，你和小真必須多生幾個小孩，至少要八個或十個。
阿民：又不是說生就生。
隆哥：那是你沒用！我們要增加人口，這樣才能和狼對抗！
阿民：……哥，我覺得你該找老婆了。
隆哥：我沒事找個臭屄來煩我幹麻？
阿民：我只是覺得——
隆哥：你以為老婆那麼好找喔！

（頓）

隆哥：媽的……總之你們給我多生幾個小孩。
阿民：再過不久就會生了。
隆哥：一個接一個，我們就會變得很強大。

（頓）

阿民：哥，你還記得鍾老師嗎？
隆哥：誰？
阿民：教歷史的鍾老師，應該也教過你。
隆哥：沒印象。
阿民：嗯。鍾老師的課其實很無聊，很少人在聽。他常在講人是怎麼把世界搞砸的。有些人就變成了狼，狼不怕人體內的毒素，靠吃人活了下去。

隆哥：那都跟我們無關。

阿民：我那時候問他，島是怎麼來的？他說他也不知道，島就這樣為人而存在。

隆哥：為了人？——是為了狼！白痴。

阿民：我們生生世世在這裡，島難道不是為了人而存在嗎？

隆哥：蠢貨！這只是個養殖場，你還真以為這裡是蓬萊仙山嗎？

阿民：鍾老師說，他相信我們只要做好自己，一定有可能可以改變現狀的。

隆哥：幹嘛一直講他？

阿民：他最近過世了。

隆哥：被狼吃了？

阿民：他們的小孩阿鴻被人吃掉了……然後他們就被處決了。

隆哥：……這種事最近蠻多的啊。

阿民：阿鴻又高又瘦，就像用鐵條焊出來的那樣。上次我看見他和小瀚一群人在爬牆。大家從小都幻想，只要翻過牆，就能到外面去看看。

隆哥：沒有人翻得過牆，我們都太虛弱了。

阿民：可是他差點要成功了，幾乎快要翻到牆頭，只要手一伸就上去了。但他沒有。不知道怎麼搞的，他突然就失敗了，從牆頭高高地摔下來，大家以為他會死，結果沒有，但他完全不記得發生過什麼事。

隆哥：你記錯了吧？

阿民：什麼？

隆哥：那是你！你小時候差點成功，你那時還坐在圍牆頂端，你不記得了嗎？

阿民：怎麼可能？我爬不過去的。

隆哥：你自己當然爬不過去，是我幫你，你才勉強爬上去。
阿民：我都不記得了。
隆哥：但你卻自己跳下來，還差點死掉。
阿民：真的是我？我怎麼記得是阿鴻？
隆哥：對啦，就是你！
阿民：那為什麼你們不爬？
隆哥：我們每天都吃這些鬼東西，怎麼可能有力氣翻牆？
阿民：那不是我啦，是阿鴻。
隆哥：如果那時候你往另外一邊跳，你就出去了。

（頓）

阿民：……不知道他們是怎麼把阿鴻吃掉的。
隆哥：呵，你真的想知道？
阿民：你知道？
隆哥：他們先把人他媽的弄暈，之後倒吊起來慢慢放血，這樣肉會比較乾淨，也可以保存得比較久。
阿民：我不想聽了。
隆哥：你說的那個阿鴻，應該也是這樣他媽的變成肉的。
阿民：……
隆哥：肉可以吃，內臟可以吃，血也可以吃。媽的，我真不懂，他們是從哪裡學會這些的？——我們這時候才會出動，制裁他們。
阿民：為什麼不救他們！
隆哥：白痴！我們必須有證據。除非他們真的他媽的把人吃進肚子，不然就沒辦法證明他們是狼，行動就會失去正當性，懂不懂？
阿民：你們寧可看著那些人被殺？

隆哥：他們的犧牲沒有白費，我們才能揪出這麼多叛徒。

（頓）

隆哥：阿民，你覺得那臭小鬼是狼嗎？
阿民：小瀚不像是狼……
隆哥：媽的，如果被我發現了證據，我會立刻折斷他的手。
阿民：鍾老師也不像是狼……

（頓）

阿民：如果你說的是真的，那時候你希望我翻牆到外面去嗎？
隆哥：哼，你不可能在狼的世界裡存活的。

（燈光漸暗。）

第四場

（黑暗中傳來鄧麗君歌曲《向自由飛翔》（詞：孫儀／曲：駱明道，1979），音質模糊而破碎。）

「飛呀飛、飛呀飛，飛向復興基地，創造新的理想。
切莫遲疑，切莫彷徨，立下一個志願，快向自由飛翔……」

（場上燈亮，鄧軍赤裸地把一只卡式隨身聽放在桌面，歌聲伴隨嘶沙雜音持續播放著。隆哥躺在床上，阿民靠在床邊昏睡，發出均勻的呼吸聲。鄧軍查看完阿民和隆哥，歪頭欣賞著泥像。他轉頭看向床榻，小瀚裸身趴在棉被間沉睡。他們剛做愛完。）

鄧軍：（雙手合十）感謝招待。

（鄧軍整頓好衣裝，坐在床邊，看著小瀚悠悠轉醒。）

鄧軍：你醒了。
小瀚：他們……
鄧軍：還沒，藥還沒退。
小瀚：我希望他們永遠不要醒來。

（小瀚擁抱鄧軍，又緩緩分開。）

小瀚：誰在唱歌？

鄧軍：鄧麗君。
小瀚：鄧麗君？

（鄧軍將放在桌面上的卡式隨身聽遞給小瀚，小瀚疑惑地看著手中的機器。）

小瀚：我以為鄧麗君是個人。
鄧軍：她是個人。
小瀚：這東西是個人？
鄧軍：不是，鄧麗君是人，但這個機器裡有她的聲音。
小瀚：鄧麗君啊……
鄧軍：喜歡嗎？
小瀚：……我不知道。

（隨身聽播出另外一曲。）

小瀚：鄧麗君變成別人了！
鄧軍：嗯，現在是張艾嘉。
小瀚：張艾嘉……
鄧軍：喜歡嗎？還是你也不知道？
小瀚：嗯。

（頓）

小瀚：你還有巧克力嗎？
鄧軍：沒了，被你吃光了。
小瀚：喔……
鄧軍：但我還有一顆蘋果，你要嗎？

小瀚：那是什麼？
鄧軍：吃的，你要嗎？

（鄧軍拿出一顆蘋果，放在小瀚掌心。）
（小瀚端詳後，咬了一口蘋果。）

鄧軍：喜歡嗎？
小瀚：嗯。
鄧軍：下次再帶其他的東西給你。
小瀚：……我們還可以再來一次，對吧？
鄧軍：我衣服已經穿好了。
小瀚：沒有關係。

（小瀚伸手解開鄧軍的褲頭，跪在他的胯間貪婪地吸吮。）
（張艾嘉歌曲〈風兒輕輕吹〉（詞曲：羅大佑）自隨身聽播送著。）

「風兒你在輕輕地吹，吹得那滿園的花兒醉。
風兒你要輕輕地吹，莫要吹落了我的紅薔薇……」

（鄧軍心不在焉地張望四周，看著對床昏睡中的人們。凝視著剝落中的泥塑，直到興奮的頂點。）

鄧軍：阿彌陀佛。

（鄧軍平順呼吸後，將小瀚扶起，與他接吻。）

小瀚：這些歌那麼好聽，為什麼沒人唱了？

鄧軍：大家把它們忘了吧。
小瀚：（拿起隨身聽）這個東西很偉大。
鄧軍：喔？
小瀚：所有人都已經忘記這些歌怎麼唱，它卻還清楚記得。
鄧軍：學起來，你就也會唱了。
小瀚：我不行啦。
鄧軍：有什麼難的？
小瀚：我不會，我不知道音在哪裡。
鄧軍：不然你跟著我。（唱）風兒——
小瀚：風兒——
鄧軍：高一點。
小瀚：風兒——
鄧軍：對了。（唱）風兒你要輕輕地吹，吹得那滿園的花兒醉……

（鄧軍慢慢唱著，小瀚逐漸跟上，聲音也變得和諧。）

鄧軍：現在你也會唱了吧。
小瀚：（搖頭）是因為有你在，我才可以的。
鄧軍：你太小看自己了。

（鄧軍再次走到泥塑前，歪頭觀看。）

鄧軍：這個是不是長得越來越像我？
小瀚：沒有，只是覺得光頭比較好塑。
鄧軍：是這樣嗎？
小瀚：嗯。
鄧軍：那它還像你夢中出現的雕像嗎？

小瀚：不像了。
鄧軍：這樣啊……那現在到底是像誰呢？

（頓）

小瀚：我想……跟你說個秘密。
鄧軍：是上次你提到的阿鴻嗎？
小瀚：嗯。

（頓）

小瀚：……阿鴻他總是知道自己要什麼、不要什麼。他知道哪裡有肉，知道怎麼讓大家拿出僅有的東西，為了換一口肉來吃。到後來，我們什麼都沒有了，只能把自己的肉和他交換。
鄧軍：這是怎麼個換法？
小瀚：他給我們肉，但我們就會變成他的人。
鄧軍：變成他的肉。
小瀚：所以他要我做什麼，我都會做。所有的事，任何的事。
鄧軍：你愛上他了。
小瀚：我不知道……
鄧軍：還是你愛上他給的肉。
小瀚：但他不愛我，也不愛任何人。那天我們在學校吵架，我一時生氣，推了他一把，誰知道他就跌下樓梯，敲到頭死掉了。我害怕得想跑走，但我還是回來了。回來就發現他已經不在那裡。後來，我到了屋頂上，我們的秘密基地。發現大家正在把阿鴻拆成一塊一塊的肉。他們問我要不要吃？我突然很想……吃。

鄧軍：所以你就吃了。

小瀚：我不餓，但我就是想吃。好像我不吃的話，他就要真的消失了。沒想到後來卻害到了鍾老師……

鄧軍：好吃嗎？

小瀚：……我不知道。

鄧軍：你是個很好的人。

小瀚：我根本已經是狼了吧。

鄧軍：呵，你根本不知道狼是什麼樣子。

小瀚：我不知道，但我遲早會知道的，對吧？

鄧軍：嗯。

小瀚：為什麼你到島外面，卻不會被狼吃掉？

（鄧軍露出微笑，摸了摸小瀚的頭。）

鄧軍：其實，我就是狼。

（頓）

鄧軍：和你想像的不一樣？不是狼怎麼走得過管制區的大門？

小瀚：那到底——狼和人到底有什麼不同？

鄧軍：吃人和被吃的分別吧。

小瀚：我不懂，那為什麼要把我們關在島上？

鄧軍：是人把自己關在島上的。

小瀚：什麼意思？

鄧軍：當初認定自己不吃人的人，蓋圍牆想把狼關在外面，卻沒想到是把自己關在了裡面，沒有果凍吃就活不下去，你說蠢不蠢？

小瀚：那你為什麼還要和我……你到底是來做什麼的？

鄧軍：我羨慕你們。
小瀚：什麼？
鄧軍：活著對你們來說很簡單，你們可以花很多時間，做那些沒用的事。

（鄧軍走到塑像邊，觸摸著它的凹凸不平的表面。）

鄧軍：我從來沒有看過像這樣的東西。
小瀚：……你會吃了我嗎？

（鄧軍轉身走近小瀚，小瀚雖然有點驚惶，卻也沒有閃避。）

鄧軍：我喜歡你脖子和臉頰的味道。

（鄧軍摟住小瀚，從臉頰、嘴唇一路親吻往下，小瀚有些神迷恍惚地闔上眼睛，突然鄧軍咬住小瀚的脖子，小瀚痛得大叫。沒有掙扎，僅只叫喊。鄧軍鬆口，脖子上留下一個咬痕。）

鄧軍：這樣就夠了。
小瀚：你不吃我嗎？
鄧軍：我是頭吃素的狼。
小瀚：什麼意思？
鄧軍：除非不得已，我只吃超市裡賣的肉。（走到對床）你看，他們睡得多好。
小瀚：所以你是——好的狼？

（鄧軍哈哈大笑，小瀚頓時不知所措。）

鄧軍：我就是狼。

（鄧軍緩緩走遠，走向大門邊。）

鄧軍：他們也應該快醒了。該走了，以後不要隨便開門。

（鄧軍開啟一道道門鎖，大門開啟，外頭明亮的光線透進。）

小瀚：就算你是狼——

（鄧軍停下腳步，回頭看著小瀚。）

小瀚：我還是會為你開門。

（兩人對望中，燈光漸暗。）

第六場

（黑暗中，傳來阿民「做菜」讀牌的聲音。）

阿民：（聲音）……將常溫雞蛋打成蛋汁，加鹽，挑筋。以中火熱油鍋，若蛋液下鍋立刻變成蛋酥漂在炸油上，表示油溫正好……接著將蛋液倒在孔杓上，前後左右搖晃，讓蛋液平均入鍋油炸。下鍋後用筷子將蛋酥稍稍分開，當蛋酥逐漸轉成淡褐色，瀝油撈起備用……

（燈光漸亮。）

（阿民坐在餐桌前，神情頹喪地將紙牌在桌面上排列組合。隆哥則恍惚地坐在輪椅上，身上披著寬鬆的病袍。此時他少了一條腿和一隻手，單手抱著盆栽，盆栽裡的稻穗已變金黃。）

阿民：炒鍋裡放油，將蒜頭切細、香菇切絲、扁魚切片和蔥白一起放入爆香。接著將紅蘿蔔切絲、大白菜切絲後接著放入拌炒，加入鹽、醬油和白胡椒粉翻炒，蓋上鍋蓋燜到紅蘿蔔和大白菜熟軟出水，用魚皮中的天然膠質取代太白粉做為芶芡。……最後放進蛋酥與切細的蒜苗，滴上香油與黑醋……完成……

（當阿民再度張開眼睛，只見隆哥兩眼發直，反覆揮動缺肢的空衣袖。）

阿民：哥，別弄了。

（阿民將隆哥的空衣袖折起，打了個結。）

隆哥：很奇怪，我怎麼感覺它們都還在？
阿民：你這次傷得很重。
隆哥：我回來時明明手腳都還在，為什麼現在變這樣？
阿民：那邊的組織已經壞死，只好請醫生切掉了……
隆哥：那切下來的部份，到哪裡去了？
阿民：丟掉了。
隆哥：不可能，一定是被人吃掉了！

（隆哥激動想要起身，卻重心不穩，差點連人帶輪椅翻覆，及時被阿民扶住。）

隆哥：完蛋了，我廢了！我沒用了——
阿民：哥，沒事的。
隆哥：阿民，你要代替我，把狼全都殺光！
阿民：哥，別太激動——
隆哥：那天狼暗算我們！把我們逼到圍牆邊的死角，他們不直接咬死我們，他們要慢慢把我們弄死！他們用爪子扒開肉，用牙齒把人撕成兩半——
阿民：給我閉嘴！

（靜默）

阿民：……小真失蹤好幾個禮拜了……我真的沒辦法聽你……
隆哥：為了她，你更應該站出來！

阿民：……拜託，讓我安靜一下好嗎？

（大門傳來敲門聲，阿民打開窺視孔。）

真真：（聲音）是我。
阿民：小真！

（阿民急忙開鎖，真真走了進來。她肚子已經恢復平坦。）

真真：隆哥，你太吵了，外面都聽得到你的聲音！
阿民：……寶貝，妳為什麼……妳的肚子——孩子呢？

（真真直直走進門，拿起角落放著的尿壺，走向隆哥。）

隆哥：妳、妳想幹嘛？

（真真將尿壺裡的液體全部倒在隆哥身上。）

隆哥：好臭……幹！臭婊子！看我怎麼——
真真：打我？幹我？好啊，我就在這裡，你快點站起來啊。

（隆哥操作輪椅正要衝向真真，被阿民攔下。）

阿民：小真？妳怎麼了——孩子呢？
真真：隆哥，狼不會攻擊人，狼只會把人吃掉。
隆哥：妳在說什麼鬼！
阿民：孩子——孩子呢？
真真：隆哥，大家都受夠你們那些自以為是的恐怖攻擊了！

隆哥：妳以為我們喜歡？我們是為了守護大家，才起身和狼對抗的！

真真：哼，殺了人卻不吃，有比較高尚嗎？狼才不屑理你們，痛恨你們的是島內的人，大家在佈道所決定對你們動手的。

隆哥：是你們？你們都是狼的奸細——你們被狼洗腦了！

阿民：小真，我們的孩子呢？

真真：那是我的孩子……是神的孩子。

阿民：我的孩子到哪裡去了！

隆哥：那才不是你的孩子，是我的。

（阿民詫異地看向真真，真真面無表情。）

阿民：**（對隆哥）**你怎麼——

隆哥：是我的和你的有什麼關係，都是小孩啊！

阿民：**（對真真）**他強迫妳的嗎？

隆哥：哪有？她明明叫得很爽啊——

（真真冷靜地揮了隆哥一巴掌。）

真真：夠了。

阿民：小真，妳為什麼不跟我說——

真真：要我怎麼說？說了你又能怎麼樣？殺了他嗎？

阿民：我——

真真：親愛的，你不可能殺人的。

（折斷盆栽裡的一截稻穗，放進嘴裡開始嚼，嚼了幾口便在馬桶裡吐掉。）

真真：好臭！……被強暴的那天，我就決定要去死一死了，但我卻不知不覺走進佈道所，弟兄姊妹們領我認識神，人遲早會死，但如果成為肉，就永遠不會死也不會痛苦了。我就這樣重新活了過來。

阿民：……寶貝……妳把孩子怎麼了？

隆哥：妳這臭屄，妳該不會把我的孩子——

真真：我，不想要有你的孩子！——親愛的，我以為看到貝比的臉，我就會知道他是誰的孩子。但我不知道！……我每天都祈禱那孩子是狼，這樣他才能把你吃了，這樣你可以變成他的爸爸。——但我想得太美好了，他並不是狼，他只是個很普通、很可愛的小貝比。

阿民：孩子呢？

隆哥：阿民！把這臭屄的腿打斷，看我怎麼幹死妳！

阿民：孩——子——呢——

真真：你弄痛我了。

阿民：孩子到哪裡去了！

真真：我在佈道所把他生下來後，就決定將他貢獻給神了。

隆哥：妳把孩子拿去餵狼？

真真：他在那邊會活得很好，他成為神的一部份。

阿民：幹……幹——

真真：我們遲早也會變成神的一部份。

隆哥：妳瘋了，你們姊弟噁心死了，你們都不是人。

真真：你有什麼資格說我，你對我做那些事，你就已經不是人了！

隆哥：我是為你們好，你們不是也很想要孩子嗎？

（阿民從櫃子上拿起剃刀，指向隆哥和真真。）

隆哥：你瘋了嗎？
真真：親愛的——
阿民：不，你們什麼都不要再說了。

（阿民把剃刀架在自己脖子上，長靜默。）

（尚未關上的大門外，遠遠地傳來小瀚哼唱著老歌的聲音，逐漸靠近。阿民深吼一聲，丟下剃刀，臥倒在地面繼續嚎叫。小瀚抱著一只巨大的牛皮紙袋，從門外走進，立刻察覺到屋內凝滯的氣氛，停止哼唱。）

小瀚：怎麼了？

（隆哥立刻抓起身旁的枴杖，攻擊向小瀚，被真真阻止。）

隆哥：你這臭傢伙竟然還敢回來！你吃肉，對不對？——你把我的肉吃了，對不對？
真真：你發什麼神經啊！

（小瀚閃避到角落，隆哥將盆栽丟擲向他，落地碎裂。隆哥不斷用拐杖揮打著，驅趕欲上前阻攔的真真，他勉強地推著輪椅靠近角落，小瀚靈活地閃避掉攻擊，跑到了大門邊。隆哥憤怒，一把推倒小瀚的泥塑人像，一地支離破碎的土塊。）

隆哥：把我的手腳還給我——把手腳從你身上拆下來還給我！
小瀚：（平淡地）吃肉又怎樣？
真真：小瀚？
小瀚：很多人都在吃，只是不說出來而已。

隆哥：我早就看出來你是狼，你這個會吃肉的怪物。
小瀚：但就算要我死，我也絕對不會吃你的肉。

（隆哥想要追上，但輪椅卻被滿地碎土卡住，動彈不得。）

隆哥：還我——把肉還給我——

（隆哥持續嘶吼著。小瀚嘆了口氣，轉身準備離去。）

真真：小瀚，太好了——吃了我，拜託。
小瀚：姊，對不起。
真真：小瀚，不要走，這一點關係也——
阿民：是我吃的。

（頓）

阿民：手指，還有不見的肉，都是我吃的。
隆哥：不可能！
小瀚：你是狼？
阿民：（搖頭）我沒有辦法……吃過肉，就不可能忘記肉的味道。

（真真擁抱住阿民。）

真真：太好了，你是狼，真是太好了——吃了我，拜託。

（阿民一把推開真真。）

真真：為什麼？我是哪裡不好？為什麼你們都不吃我！吃我！
　　　吃我！

（真真吼叫完，扶著牆開始嘔吐。）

真真：（喃喃）大慈大悲，救苦救難……
隆哥：這是什麼鬼島、這是什麼鬼地方，我竟然和你們這群不
　　　是人的傢伙住在一起！把我的肉還給我——

（隆哥憤怒地揮動拐杖，小瀚閃躲，手上的牛皮紙袋打翻，各種色彩繽紛鮮豔的蔬菜水果，滾落在地。眾人凝滯，注視著滾動著的蔬果，直到全部靜止下來。）

（靜默中，送餐電梯鈴「叮！」地響起。）

（燈光漸暗。）

第七場

（黑暗中，伴隨著切菜、下鍋、油炸等各種聲音，傳來真實的肉香味。）

小瀚：（聲音）「五花肉」。

阿民：（聲音）先用滾水汆燙，切成每塊六兩的方塊，再汆燙。肉塊用鹹草十字綁緊，中火熱鍋放油，皮朝下油炸。……炸好熄火，油倒乾加水。大火煮沸後，換以小火燜煮直到軟嫩。

小瀚：「醬油」和「糖」。

阿民：加入後以大火煮沸後，再以中火慢燉，直到表面油亮。熄火。

小瀚：然後呢？

阿民：煮醬汁，接著大火收汁直到濃稠。

小瀚：青江菜？

阿民：用油鹽水汆燙。

小瀚：好了。

（燈光漸亮。全家人圍在桌邊用餐，一盤盤真實的料理擺滿餐桌。）

阿民：好吃嗎？

小瀚：好吃。

阿民：多吃點——寶貝，妳不吃嗎？

（真真點了點頭，手裡端著碗，卻沒有動筷。）
（隆哥坐在輪椅上，眼神呆滯地看著桌面，這時他四肢只剩下一隻手，抱著稻米收割完的盆栽。阿民端著盛好菜的飯碗，端到隆哥面前。他悠悠地看了一眼。）

隆哥：這是什麼肉？

（無人應答，大家若無其事吃著飯菜。）

阿民：哥，這不是肉，這是假的。
隆哥：喔……真的？
阿民：是啊，這是用醬油和冬瓜做出來的假肉。
隆哥：假的……像真的一樣。

（靜默，大家繼續吃食著。）
（敲門聲響起，小瀚開啟窺視孔。）

鄧軍：（聲音）是我，請幫我開門。

真真：別開！
阿民：我們……我們正在吃飯呢。

（此時門外傳來哄弄嬰兒的笑聲，以及鄧軍哼唱的兒歌。）

鄧軍：（聲音）小孩子乖乖，把門開開，快點開開，我要進來……

真真：貝比，我的貝比——

小瀚：我請他幫我們把小孩找回來，這樣我可以開門了嗎？

（頓）

阿民：一起……吃飯吧。

（小瀚緩緩開啟一道道門鎖，厚重的鐵門全然開啟時，發出尖銳的噪音。門外濃密的煙霧，伴隨強烈的光線透入陰暗的房間，大家開始咳嗽。鄧軍西裝筆挺地站在門外，一手抱著假嬰兒玩偶，一手拿著不斷傳出嬰兒笑聲的錄音機。他面帶微笑，朝門裡的人們揮手。）

（空間逐漸被門外傳來的嘈雜聲吞沒，彷彿巨型工程鑽探又好似戰爭槍砲。）

（燈光逐漸滅去，直至全暗。）

（場上所有聲響如卡式錄音機按鍵彈起般，瞬間靜默。）

（劇終。）

方舟三部曲　創作筆記Ⅳ

題材選擇與系列創作

科幻劇場之題材選擇

臺灣劇場「科幻舞台劇」還是個亟待開發的領域。《方舟三部曲》以連續三年的時間，持續推出創作和實際製作，是個十分難得的創作計畫。藉此實驗了不同的表現形式，但故事核心仍都圍繞著未來 AI 時代，人類靈魂與科技碰撞的處境。

「科幻創作」是否一定要談論人與科技的關係？我認為不盡然，許多成功的科幻電影與動漫作品，其實也僅是科幻外皮的冒險故事，但細心鋪排的故事情節、充滿趣味的科幻細節經營，仍引人入勝，甚至能成為一代經典。但在人文色彩本身就已非常濃厚的臺灣舞台劇創作環境中，若能有更多創作者，能對科學新知、科技史與科技倫理等面向有所關注，用作品搭起文學與科學的橋樑，並用想像力點出未來可能的問題，如此更能擴大科幻創作對於現實社會的意義。

關於系列創作

在商業市場中，電影或小說的系列創作最重要的是延續最初作的世界觀，進而拓展更多的故事情節，並揭露更多科幻設定隱藏的成因。由於劇場是現場演出的表現形式，加上臺灣劇場環境限制，長期演出的「定幕劇」較不發達，偶爾才有以系列方式呈現的作品。劇場現場性加上演期短，作品若以「下回待續」方式收尾，等到若干年月後續集演出時，非常有機會遇到沒有看過前作的新觀眾，若劇情高度依賴前作鋪陳的資訊，新觀眾在觀賞時就會一頭霧水。

因此，關於系列作品創作，筆者比較推薦的是「單回完結」的故事。儘管是「單回完結」但作品與作品間，可以有共通的世界觀設定，彼此有連結的劇情或人物，這些資訊對於看過前作的人來說，就會成為有意外驚喜的「彩蛋」；而對於沒有看過前作的觀眾來說，亦不會影響當下觀賞時對於劇情的理解。

《食用人間》創作構想

《食用人間》故事便是發生在人類文明毀滅後，殘存的人類在「狼」的豢養下，生活在巨大的監獄城市中。本來相安無事，直到有天，家裡遺失了一隻「手指」，引爆了誰是叛徒的猜忌與衝突，這個家也面臨了分崩離析。

這個故事最初的概念是寫一個關於「吃」的故事。隨著人類文明的發展，吃已不全然是為了維持生命，而被賦予各種美學、欲望與權力等意義。當一道作工繁複的中式大菜擺在面前，若追尋其源頭，從栽種、畜養、捕撈、器械、運輸、加工……直到最後烹飪上桌，幾乎是個龐大到難以想像的動員體系，但這種人類文明是否真的能夠恆久運作下去？藉此，我也希望探索當賴以為生的謊言被揭穿，人與人之間斷鏈情感，是否有毀滅後重生的可能？

筆者截至成書之前已完成六個科幻舞台劇。《食用人間》雖然不是筆者第一個科幻舞台劇，卻是《方舟三部曲》正式開始創作前的實驗起點，因此作品中有許多早期探索的痕跡。與三部曲一併收錄，提供給讀者比較與參考。

國家圖書館出版品預行編目 (CIP) 資料

方舟三部曲 / 林孟寰作 . -- 初版 . -- 臺北市 :
奇異果文創 , 2019.12
面 ; 公分 . -- (小文藝 ; 9)
ISBN 978-986-97591-9-9(平裝)

863.54 108017670

小文藝 009

方舟三部曲

作者：林孟寰
美術設計：Benben
執行編輯：周愛華
發行人暨總編輯：廖之韻
創意總監：劉定綱

法律顧問：林傳哲律師 / 昱昌律師事務所

出版：奇異果文創事業有限公司
地址：台北市大安區羅斯福路三段 193 號 7 樓
電話：（02）23684068
傳真：（02）23685303
網址：https://www.facebook.com/kiwifruitstudio
電子信箱：yun2305@ms61.hinet.net

總經銷：紅螞蟻圖書有限公司
地址：台北市內湖區舊宗路二段
121 巷 19 號
電話：（02）27953656
傳真：（02）27954100
網址：http://www.e-redant.com

印刷：永光彩色印刷股份有限公司
地址：新北市中和區建三路 9 號
電話：（02）22237072

初版：2019 年 12 月 05 日
ISBN：978-986-97591-9-9
定價：新台幣 350 元

本書獲國藝會戲劇（曲）類出版補助